jitsuryoku-syugi ni
hirowareta kannteishi

実力主義に拾われた鑑定士

～奴隷扱いだった母国を捨てて、敵国の英雄はじめました～

5

usuazimeron
薄味メロン

Illustration
桶乃かもく

ミルカ
帝国に亡命してきた、
王国の第三王子。
素敵が得意な男の娘。
ルルベール
老練で豪気な
帝国軍少佐。
厳しくも温かい目で
アルトたちを見守る。
リリ
羊の角と尻尾を持つ、
心優しい少女。
アルトに支援魔法の
素質を見出される。
アルト
本作の主人公。
敵国である帝国軍人に
鑑定魔法の才能を認められて
亡命し、将軍候補としての
第二の人生を送る。

MAIN CHARACTER
主な登場人物
サーラ
クールな訓練生の少女。敵国のスパイだと目されているが……？
マイロ
マルリアの弟。魔力を吸引する、特殊な体質の持ち主。
フィオラン
どこか残念な性格のお姉さん。実は弓術の才能を秘めている。
マルリア
ツンデレな訓練生。アルトにモノづくりの才能を見出され、奮闘中！

プロローグ　囮《おとり》の任務

実力主義を掲《かか》げる帝国に亡命し、帝国軍准尉《じゅんい》の地位と自分の居場所を手に入れた俺――アルトは、これまで多くの敵を退《しりぞ》けてきた。

まぁ、とはいっても、俺は実戦では役に立たないただの鑑定士にすぎないから、頼りになる部下のリリ、マルリア、フィオラン、マイロくんのお陰《かげ》みたいなもんなんだけどな。

そうそう、あと正式に部下ではないが、元王国の第四王子であるミルカと、そのメイドであるルメルさんも最近俺の傘下《さんか》に入ったんだよな。

そんな部下におんぶにだっこの俺の次なる敵が味方かもしれないというのは、皮肉な話だ。

学園内にスパイがいる可能性が高いらしく、『その正体を突き止めよ』という帝国の女王シュプル様の勅命《ちょくめい》に従って、俺は今、訓練校の合同演習に参加している。

表向き、合同演習では上官たちが決めたグループに分かれた上で森の大掃除《おおそうじ》をする、ということになっている。

だが、俺の直属の上官であるルルベール教官に、チーム分けを調整してもらった。

その結果、スパイである可能性が高いと目《もく》されている、リリたちとともに孤児院で育った、訓練校の優秀な生徒――サーラと、俺、そして俺の部下が同じグループになったのだ。

ともに行動する中でサーラに怪《あや》しい言動が現れないか探《さぐ》ろうというのが、本作戦の趣旨《しゅし》である。

また、何かあればルルベール教官や、モチヅキ隊長と彼が率《ひき》いる、各メンバーがそれぞれ弓術《きゅうじゅつ》以外にも特技を持っている弓兵隊――第三弓兵隊が飛んでくる手筈《てはず》になっている。

「アルト様、どっちに向かいますか？」

「んー、そうだな……」

俺はリリに言われて、周囲を見回す。

ここは軍部の森の中なので、太い幹《みき》の木や草や苔《こけ》むした地面くらいしかない。とはいえ、罠《わな》が仕掛けられている可能性は大いにあるので、魔力を霧《きり》状にして鑑定範囲を広げてみる。

しかし、特に異変はない。

緊張《きんちょう》が伝わらないように注意しながら、俺はサーラに視線を向ける。

すると、彼女の方から話しかけてきた。

「……何か用事？」

「いや、サーラの意見も聞いて判断しようかなと」

「大丈夫。リーダーに従う」

にべもない。故に怪しくないように思えてしまうな。

だが、以前俺たちが軍部の森を訪れて素材採取をしていた際に、彼女に監視《かんし》されていたのは紛れもない事実だ。気は抜けない。

俺は「分かった」と返事してから、みんなに聞こえるように言う。

「任務の確認をする。本作戦では、軍部の森で二泊する間に多くの魔物を狩るのが目的。ここまではいいいな？」

そう、軍部の森の大掃除とは木《こ》の葉《は》を掃《は》いたり、間伐《かんばつ》したりすることを指すわけではない。

魔物を間引くのが主な仕事なのだ。

その中でも、狩った魔物の強さと数に応じて与えられたポイントにより優劣《ゆうれつ》が決まり、優秀な成績を残したグループには金一封《きんいっぷう》と賞品が与えられる。

「とはいえ、俺たちは一年だけの班だ。危険を冒《おか》す必要はないと思う」

俺がそう言うと、リリが首を傾《かし》げた。

「そうなんですか？」

「チャンスは来年もある、というか、本来は二年生の見せ場を作るためっていう意味合いが強いイベントらしいんだ。順位は二の次。全員が無傷《むきず》で帰還《きかん》することを優先するべきだと思う」

もちろん、俺たちの最優先事項は、サーラがスパイだという証拠《しょうこ》を手に入れることだ。

不満げな顔で俺を睨《にら》んでいるマルリアも、その辺は分かっている。

「何よ？　私たちじゃ他の班に勝てない。そう言いたいわけ？」

相変わらず、マルリアは演技が上手《うま》い。

スパイからすれば、俺たちが危険な目に遭《あ》う方が都合がいいだろう。

そういった流れになるようにサーラが発言してこないか探《さぐ》ろうという俺の狙いを察して、マルリアが反対しやすい空気を作ってくれた。

「平たく言えばそうだな」

俺が頷くと、マルリアはなおも食い下がる。

「私とサーラ、おまけにあんたもいるのよ⁉　二年が相手でも余裕で勝てるわよ！」

「戦力だけ見れば、そうなんだがな」

入学試験で、近距離戦闘の部門で一位の成績を残したサーラと二位のマルリア、それに遠距離戦闘の部門で一位のフィオランもいる。そこに、成長著《いちじる》しいリリの支援魔法も加わる。

仮に相手が正規兵でも、一泡吹かせられるとは思う。だが――

「俺たちは、森の中で寝泊まりした経験がない。慣れない環境で本来の実力を発揮できるとは限らないし、安全にいった方がいいだろ」

「それは！　……そう、だけど」

サーラの存在を抜きに考えても、夜の森は危険だ。

不満げに頬《ほほ》を膨《ふく》らませたマルリアが、俺の顔を指差しながらサーラに水を向ける。

「サーラもこの臆病者《おくびょうもの》に言ってやりなさい！　私とあんたなら、勝てるわよね⁉」

「……ダメ。リーダーが正しい」

「あーもー！　好きにしたらいいわよ!!」

ふん！　と俺たちに背を向けたマルリアが、チラリと俺だけを見る。

マルリアの演技に乗ってサーラが『私は森での過ごし方を知っている。私についてくれば安全』なんて言い出してくれたら分かりやすかったが……まぁそんなことしないわな。

「このまま水辺に向かい、そこをベース基地にする。いいか？」

全員を見回すが、異論はないようだ。

「最後尾をマルリア。サーラは前衛を頼めるか？」

「ん」

「分かったわよ」

そう言っている間に、タスク・ドッグという魔物がこっちに向かってきてるな。

俺以外に気付いたのは、サーラだけのようだ。

彼女が「倒してくる」と口にしたので、俺は聞く。

「援護《えんご》は？」

「いらない」

まずはお手並み拝見といきますか。

そう思っていると、木の隙間《すきま》を縫《ぬ》うようにサーラが駆《か》け出した。

そして一瞬《いっしゅん》で敵との距離を詰めて、タスク・ドックの首を斬《き》り落とす。

「何よ、入学式の時よりずっと強くなってるじゃない……」

悔しそうにそう言いつつ唇《くちびる》を噛《か》むマルリアの視線の先で、サーラは三体目のタスク・ドッグを処理し終えていた。

「終わった」

「ああ。お疲れ様」

さすが剣術の素質がSランクなだけある。俺が一人で対峙《たいじ》したら、勝てないだろうな。

証拠を掴《つか》んでも無理はせず、教官の援護を待つべきだな。

できる限り単独行動は避《さ》け、敵対したら防御《ぼうぎょ》に徹《てっ》する。

そう考えつつ、俺はフィオランの方を向く。

「フィオラン、解体をお願いしてもいいか？」

「もっちろん！　お姉さんに任せて～」


こうしてフィオランに最低限の解体だけしてもらってから、先程伝えた通り川へ。

獲物《えもの》は網《あみ》に入れた上で水に晒《さら》し、血をすすぐ。

汚《よご》れた手を洗うフィオランを横目に見ながら、俺は借りものの通信用魔道具に魔力を流す。

「こちら十六班。十六番A地点で、獲物の回収をお願いします」

『こちら本部。了解、回収班を向かわせる』

聞こえてきた声に「お願いします」と返して、流していた魔力を切った。

それを見計らったように、リリが声をかけてくる。

「アルト様、黄金《おうごん》レモンがなってますよ！」

リリが指差しているのは、川辺に実っている黄色い果実。

鑑定で知ってはいたが、みんなには伝えてなかったものだ。

森に入ってからそれほど時間は経ってないが、無理をする必要もないから――

「よし、せっかく美味《おい》しそうなレモンを見つけたことだし、休憩《きゅうけい》にしようか」

サーラの動向を探る意味でも、ゆっくりなペースで進む方が都合がいい。

そんな思いを込めた提案に、リリが満開の笑みを咲《さ》かせた。

「全員分のレモン水を作りますね！」

待ちきれないとばかりにレモンを収穫したリリは上流に向かって走り、水筒《すいとう》いっぱいに水を汲《く》む。

そして、サーラのもとへと駆けていく。

「サーラさん。浄化して貰えますか？」

「ん。大丈夫」

なんてことない、といった様子でサーラが水筒に手をかざす。

「この水に、浄化の加護を」

サーラの口から言葉が紡がれると、淡《あわ》い光が水筒を包む。

そんな彼女を慌てて鑑定し――思わず口から言葉が漏《も》れた。

「どういうことだ……？」

「アルト様？」

「どうか、した？」

リリとサーラが、不思議《ふしぎ》そうにこちらを見つめてくる。

「……いや、なんでもない」

平静を装《よそお》いつつ、俺はサーラに再度鑑定魔法を使う。

【名　前】サーラ（15歳）
【技　術】剣術：14／15

浄化魔法が使えるのなら、技術の項目に水魔法の項目があるはずだ。

それなのに、その表記がない。

魔道具を使い、自分が浄化したように見せかけたのか？

俺はそんなことを考えつつ、サーラに言う。

「剣術が強いだけじゃなくて魔法も使えるなんて、驚いたよ」

「……魔法は練習中。これしか使えない」

「そうなんだ。それでもすごいと思うよ」

「……ん」

サーラは少しだけ嬉しそうな顔をしてから、川の方に視線を遣《や》った。

「料理を手伝う」

視線の先には、いつの間にか焚《た》き火の準備を始めていたリリの姿。

俺が王国で飲んだレモン水は、水にレモンを搾《しぼ》るだけの単純《たんじゅん》なものだったが、どうやらリリはひと手間加えようとしているらしい。

「あー、そうだな。頼めるか？」

「ん」

サーラとリリを二人にするのは怖くもあるが、ここで断るのも不自然。

まぁ二人にするなんて言っても、目の届く範囲にいるわけだし大丈夫だろう。

そんなふうに考えている間に、サーラはリリの方へ駆けていった。

「俺たちは周囲の警戒《けいかい》をしておくよ」

俺はそう口にしつつ、サーラとリリ以外のメンバーの方へ行って、指示を出すことにした。

「フィオラン、解体で疲れてるところ悪いが、敵が来たら頼むぞ」

「はいは～い。お姉さんに任せて～」

俺が口にした『敵』の対象には魔物だけではなく、裏切り者も含まれている。

いざという時は躊躇《ちゅうちょ》するな――そんな思いを込めて、フィオランと視線を合わせた。

若干距離が離れていたとしても、弓術に秀《ひい》でた彼女ならサーラを撃《う》ち抜けるはずだ。

「マイロくんはそのまま荷物番をしていてくれ。マルリアは上流方面を警戒。俺は下流方面を見張るよ」

そう言いつつ、俺は一歩マルリアに近付く。

すると、マルリアが声を潜めて聞いてくる。

（何か聞きたいことがある、そう思っていいのよね？）

（ああ。サーラが浄化魔法を使えること、マルリアは知っていたのか？）

（ええ。施設でも使っていたわ。マイロも普通に知ってるわね）

サーラに隠す気はなくて俺が読み取れなかっただけ、ということか。

以前訓練で一緒になったものの、鑑定でどこまで読み取れるかまでは知られていないから、警戒していないんだろうな。

俺は再び聞く。

（サーラが他に使えそうな技術に、心当たりはないか？）

（……パッとは思い浮かばないわね。何においても優秀だったけど）

（何においても？）

（ええ。短剣、盾《たて》、弓――どれを扱っても、クラスでは上位の実力だったわね）

そうなると、鑑定結果に剣の技術しか表示されないのは、やはり不自然だ。
それほどの実力があるのなら、盾や弓が表示されていなければおかしい。
(ちなみに、サーラの言動に不自然さはないか？)
(ええ。施設で一緒に授業を受けていた時と、変わらないわね)
態度は怪しくないものの、何かを隠しているのは確実か。さて、どうしたものか。
そんなふうに考えていると、不意に背筋がゾクッとする。
慌てて振り向いた先には――マイロくんしかいない。
彼は首を傾《かし》げる。
「アルトさん？　どうかしましたか？」
「……いや」
深呼吸を一つする。
もう寒気を感じないということは、気のせいか？
念のためサーラの方にも視線を遣るが、特に異変はなさそうだ。
彼女はリリと仲良くレモンを切っているだけである。
「なんだか嫌な気配を感じたんだが、気のせいだったみたいだ」
俺はそう口にして、マイロくんに笑みを向けた。
その後、俺たちはそれぞれ持ち場について周囲の警戒を続けた。

それから少しして、背後からリリの声が聞こえてくる。

「アルト様！　レモン水ができました！」

どうやら休憩の準備が整ったらしい。

俺は言う。

「サーラ、リリ、マイロくん、マルリア。最初はこの四人で休憩に入ってほしい」

「四人で、ですか？　アルト様とフィオランさんは？」

「見張りをするよ。森の中には魔物がいるわけだし、全員で休憩していたら、何かあった時に対処できなくなっちゃうだろ？」

今言ったことは半分は本音で、あとの半分は建前だ。

改めて、より強く鑑定をサーラにかける機会が欲しかったのである。

鑑定は、注ぐ魔力を多くすればそれだけ多くの情報を得られる。

これまで対峙してきた敵は未知の技術を持っていた。鑑定の魔力を強めることで、こちらが怪しんでいることを看破されるかもしれない。

しかし、周囲の警戒をしているという大義名分《たいぎめいぶん》があれば、勘付かれたとしても見張りのためだと言い訳できる。

当然、魔力を向けているのを悟《さと》らせないのが一番ではあるんだがな。

レモン水を作っている時にやってもよかったが、あの時はいつ戻ってくるか分からなかったし。

「そういう訳だから、フィオランは俺と周囲を偵察《ていさつ》しよう。休憩はそのあとになるが大丈夫か？」

「もっちろん！　お姉さんらしいところを見せちゃうよ～！」

弓を片手に、お～！　と拳を掲げ、フィオランは笑う。

ちなみに一緒に警戒に当たる相手としてフィオランを選んだのは、索敵《さくてき》能力が一番高く、強力な遠距離攻撃の手段を持っているからだ。

俺はサーラの鑑定に全力を注《そそ》ぎたいから、索敵を任せられる彼女にいてもらわないと困る。

加えてサーラが何かしようとしても、遠距離攻撃で邪魔《じゃま》できるだろうしな。

リリは迷うように俺たちとレモン水の間で視線を彷徨《さまよ》わせ――ゴクリと喉《のど》を鳴らした。

「えっと、えっと……アルト様より先に、頂いちゃいますね？」

「ああ。みんなで仲良くな」

上官への遠慮《えんりょ》も、レモン水の誘惑《ゆうわく》には勝てなかったらしい。

年相応《としそうおう》の反応に、思わず笑ってしまいそうになる。

こうしてひとまず怪しまれることなく班分けできたところで、マルリアが言う。

「一列に並んでコップを出しなさい。注いであげるわ」

「わっ、ありがとうございます！」

早速マルリアにレモン水を注いでもらったリリが、嬉しそうに礼を言った。

後ろにはサーラとマイロくんが並んでいる。

「……もう少し。頑張るから、もう少し欲しい」

「あーもー！　分かったわよ！」

「ん、ありがと」

そんなサーラとマルリアのやり取りを横目に、俺はその場から離れる。

フィオランも逆方向に歩いていった。

サーラから見えないように木陰《こかげ》に移動してから、俺はゆっくりと息を吐き出す。

そしてシルバーのブレスレットに魔力を注ぎ込み、増幅《ぞうふく》させた魔力を体内で循環《じゅんかん》させる。

最近知ったことだが、本来、鑑定は杖がないと使えないらしい。

杖に魔力を流すことで扱える魔力量が増えるという理屈なんだとか。

これまで何も使わずに鑑定を行い続けていた俺も、試しに杖を使ってみたら消費魔力量が減り、鑑定できるものも増えた。

とはいえ、常に杖を持ち歩いていると片手が塞《ふさ》がり、咄嗟《とっさ》の事態に対応しにくくなる。

できれば手は空《あ》けておきたい――そんな俺の希望に応えるべく、杖の効果を付与したブレスレットを、マルリアが作ってくれたのだ。

より高密度の魔力を小さな粒子《りゅうし》に変換《へんかん》して……

そう心の中で唱《とな》えながら、俺は全力の魔力をサーラに向けた。

【名　前】サーラ（15歳）
【技術】剣術：14／15
【素　質】剣術：S

追加で判明したのは、素質の項目だけか。

そしてその値にしたって、以前鑑定したものと何も変わらない。

……まぁまだ焦る必要はない。

今日は泊まりがけの任務だ。何度も鑑定を使って、彼女の正体を暴《あば》くとしよう。


その後、見張りを交代して、俺とフィオランも休みを取った上で森の奥に向かって進む。

ちなみにレモン水は今まで飲んだそれより遥《はる》かに美味しかった。

爽《さわ》やかな酸味《さんみ》と鼻を抜けるレモンの香り。水自体もクリアな気がした。

リリが何か工夫をしたからなのか、サーラが水を浄化したからかは分からないが、大満足である。

俺はそんなふうに振り返りつつ、この先に危険がないか判断するために鑑定を使う。

……数十メートル先に魔物が一匹いるだけか。

相変わらず、のどかな狩り場だ。

そう思っていると、先頭を進むサーラの肩がピクンと跳《は》ねた。

「この先、四足歩行の魔物がいる」

鑑定で全て解決してしまうのは簡単だが、それでは部下のためにならない。

俺は口を開く。

「フィオラン、獲物がいるらしいんだが、見えるか？」

「ん～？　サーラちゃん、本当にそんなのいるの？」

「いる。あれ」

フィオランとサーラは並んで森の奥を見る。

その姿はまるで、仲のいい姉妹だ。

……いや、油断大敵《ゆだんたいてき》だな。

「ん～？　あっ、いた。……矢を当てるには、もうちょっと近付かないとダメかな～」

「分かった」

魔物との距離は八十メートルほど。

見通しの悪い森の中とはいえ、フィオランの射程内だ。

だが、サーラに今の俺たちの戦力は知られたくない。

故に、フィオランには敢《あ》えて無能な演技をしてもらっている。

以前、彼女はサーラと任務に当たっていたことはあるが、これほど射程が伸びているとは知らないはずだからな。

彼女だけではない。リリには支援魔法を禁止、マルリアには自作の道具を使わないように言い含めている。

「ダメなお姉さんでごめんね～」

「ん。大丈夫」

「……これ以上は、気付かれる」

さすがにこの距離で外したら怪しまれるというところまで、獲物《えもの》に近付いた。

「よーし、それじゃあお姉さん、当てちゃうんだから！」

そう言って、フィオランは矢を放つ。

それは当然のごとく魔物を射貫いたわけだが――

「やったー！　当たったー！」

「ん。えらい」

大喜びするフィオランを、サーラが撫でる。

すると、フィオランは感極まったようにサーラに抱き着いた。

「サーラちゃん、ありがとう～！　それにしても本当に可愛《かわい》いね～！　お姉さんがお姉さんになってあげる!!」

「……苦しい、離れて」

「そんなこと言わずに、もうちょっとだけ。お姉さんがお姉さんになってあげるから！」

「や」

……フィオランのやつ、警戒心をなくしてないか？　いやいや、さすがに演技だよな？　自分の命が掛かってるもんな？　大丈夫だよな？

軽く疑念を抱きつつも、俺は口を開く。

「リリ、獲物を川まで運ぶのを手伝ってくれるか？」

「分かりました！」

「マルリアは周囲の警戒を」

「任せなさい！」

そうして川まで魔物を運び、解体してから新たな獲物を求めて上流に向かって歩く。

それから少しして、俺はあることに気付いた。

サーラの歩き方が不自然なのだ。

具体的には、砂利道《じゃりみち》を進む時にわざと音を立てて歩いている気がする。

どういうことだ——と内心疑問に思っていると、視線を感じてだろう、サーラがこちらを向く。

「……ん？　どうかした？」

「いや。なんだか、お腹が空いてきたなーと思ってさ」

「ん。カレー、楽しみ」

無邪気《むじゃき》で素直《すなお》な良い子。

そう思いたいが、見れば見るほど疑念は深まる。

そんなふうに思いつつ横を向くと……マイロくんの様子がおかしい。

「マイロくん、大丈夫か？」

「え？　あっ、はい！　平気です！」

時折マイロくんは、自分の両手を見下ろして、不思議そうな表情を浮かべていた。

何かを気にしているのか？　でも、サーラがいる中で聞くのは不用心《ぶようじん》かもしれないな。

「困ったことがあったら言ってくれよ。無理はしないこと」

「はい！　ありがとうございます！」

念のために鑑定してみたが、ステータスに異常はない。

ただの疲れか？　杖の素材を探しに行った前回とは、荷物の量も危険度も段違いだからな。

なるべくこまめに休憩を取ろう。

そう結論付けつつ、歩き続ける。やがて――

「アルト様！　すっごく綺麗《きれい》な湖《みずうみ》が見えてきました！」

勢いよく振り向いたリリの背後には、コバルトブルーの水面《みなも》が揺《ゆ》れている。

確か、湖の付近が野営地だったはず。

地図を見て予想していたよりずいぶんと神秘的《しんぴてき》な場所だな、と感じた。

「夕暮《ゆうぐ》れには間に合ったな」

鑑定を使えば暗闇《くらやみ》の中でも移動や作業はできるが、危険ではある。素直にホッとした。

「フィオランは、テントの設営も得意って話だったよな？」

「冒険者時代はず～っと雑用係だったからね～！　雑用ならお姉さんに任せて！」

「あー……うん」

返答に困る発言をありがとう。

まぁ理由はともあれ、頼らせていただくとするか。

「設営に関して、指揮《しき》を執《と》ってもらってもいいか？」

「もっちろん！　お姉さんが、みんなのお姉さんになってあげるね～！」

誇《ほこ》らしげに胸を張るフィオラン。

いつもの行動を考えると不安を覚えるが、大丈夫だろう……たぶん。

「あっ、そうそう。テントは一つしか張れないけど、いいよね？」

何気なく明かされた衝撃《しょうげき》の事実に、俺は思わず聞き返す。

「え……？　一つ？」

「うん。テントを張るのに適した場所が、意外に少ないんだよね。だから今日は、みんなで仲良く、同じテントに入ることになるかな～？」

テントを二つ建てて、男女で分かれることを想定していたのだが……

夜は二人一組で、交代しつつ見張りを立てる予定だ。

それ故、一度に寝るのは四人。

テントは広いから物理的に一緒に寝るのは可能だが、サーラはそれでいいのだろうか。

スパイかもしれないからという視点ではなく、女の子だという視点で考えて。

リリたちは付き合いが長くなってきたから今更気にしないだろうが、サーラとは何度か任務を共にした程度だ。

俺は不安を胸に問う。

「どうする？　もっとよさそうな場所を探すか？」

「ん？　ここでいいと思う。問題ない」

サーラの表情を見る限り、無理をしている訳でもなさそうだ。

リリたちは当然のように問題なし。

「それじゃあ、みんなでテントを建てるか」

そう口にする俺の裾を、サーラが引く。

「狩りに行きたい。私だけでいい」

「……テントを建てている間に一人で獲物を探しに行きたい、そういうことか？」

「そう」

確かにテントの設営にこれだけの人数は必要ないが、辺りはすでに暗くなり始めている。

このタイミングでの進言としては、あまりにも不適当だが……

「一人でいいのか？」

「ん。強いから一人で大丈夫」

『味方と合流して俺たちを襲う』『味方に合図を出しに行く』、そのための言葉、行動に思えてしまう。

「ずっと見てたから、それは知ってるんだが……」

これは、どうするのが正解だ？　このまま泳がせて、モチヅキ隊長たちに探ってもらうのが無難だとは思うが、簡単に認めてしまうのもかえって不自然か？

「なんでこのタイミングで狩りをしたいのか、理由を聞いてもいいか？」

「ん。ここなら干し肉にできる。持ち帰りたい」

「なんで持ち帰りたいんだ？」

「施設の子供たちに差し入れ」

悪意のない純粋な目に見える。

俺はマルリアの方を振り向く。

「許可しても大丈夫だと思うか？」

「いいと思うわよ？　暗くなっても、サーラなら余裕で動けるでしょ？」

「ん。大丈夫」

俺はそれを聞いて、頷いた。

「……分かった。でも無理はしないこと。いいね？」

「ん。約束」

俺と指切りをしてから、サーラは森の奥に目を向ける。

もしかすると、本当に敵じゃないのか？

そんな思いが頭を過《よぎ》る中、サーラは森の中に消えていった。

彼女の姿が見えなくなったタイミングで、フィオランが言う。

「アルトくん、こっちを持っててくれる～？」

「了解。これでいいか？」

「ありがと～！　お姉さんの本気をみんなに見せてあげるね～！」

うりゃりゃー、とテントを建てるために杭を打つフィオラン。

俺はそれを横目に見ながら、心地いい風にほっと息を吐く。

隣《となり》を見ると、マイロくんが木の幹《みき》に体を預《あず》けて、小さなあくびを噛《か》み殺しているのが目に入る。

ぼんやりと開いた目を擦《こす》り、今にも眠ってしまいそうな感じだ。

「マイロくん、ちょっと休憩しようか。荷物も適当な場所におろしていいからさ」

ぬかるんだ森の中を歩き、サーラの挙動を絶えず監視する任務。

危険な場面こそなかったが、気を休める暇《ひま》はなかったからな。

正直な話、俺もくたくただ。

「あっ、いえ。任務中にすみませんでした！　気が緩《ゆる》んでました！　もう大丈夫です！」

「気にしなくていいよ。授業の主な目的は森に慣れることがメインみたいだし、無理しない程度に頑張ればいいさ」

マイロくんは任務なんて気にせず、授業に集中して欲しい。

俺が変に目を付けられたせいで、知らぬ間に巻き込んでしまったような形だしな。

「えっと……でも……」

マイロくんの表情から、自分だけが休むことに引け目を感じていると分かる。

確かに、全員で休んだら日没《にちぼつ》までに拠点を築けるか怪しいのは確かだ。

さて、どう説得するか——そう思っているとマルリアと目が合った。

「ほんと、私の弟のくせにバカなんだから」

マルリアの右手がマイロくんの額をペチンと弾く。

リリはマイロくんが背負っていたリュックを下から持ち上げて、そのまま奪い取った。

「カレーの材料、いただいていきますね！」

リリはそう言うと、カレー粉、にんじん、玉ねぎ、じゃがいも……リュックからカレーの食材を抜き取って木の陰に置く。

それを横目に、マルリアがマイロくんの頭に手を伸ばした。

「意地を張っても仕方ないでしょ？　疲れたら素直に休む。分かったわね？」

「……うん。ごめんね、姉さん」

マイロくんはそう言って木の陰に行き、リュックを枕《まくら》にして横になる。

「仕方ないわよ。上司があれだもの」

ん……？　あれ？　何故俺に矛先《ほこさき》が向いたんですかね？

マルリアは俺に視線を移してから言う。

「そこの自覚なく無理するダメ上司も、マイロと一緒に休憩しなさい」

「……何故に？」

「何故に？　じゃないわよ！　あんたも相当疲れた顔してるじゃない!!」

力強く手を引かれ、俺はマイロくんの隣へ連れていかれる。

マルリアは腰に手を当て、不安そうにこちらを見下ろしていた。

「状況把握《じょうきょうはあく》、指示出し、索敵……色々やりすぎでしょ！　自覚してるわよね!?」

「いや、それは……まあ、そうなんだが……」

状況把握と指示出しは、俺が上司らしさを出せる唯一の仕事だからな。

それにサーラの素性《すじょう》を探る任務に関しては、俺のせいで部下を巻き込んでしまっている。

確かに疲れてはいるが、それくらいは我慢しなくては。

マルリアたちだって疲れているだろうし。

「いや、これが上司としての俺の仕事だ。それにせめて――」

休憩はテントの準備が終わってから。

そう続けるはずだったのだが、マルリアに額をペチンと叩かれた。

「いいから休むの！　そこの変態と私でテントを建てるから、あんたの仕事はないわよ！」

「ふん！」と吐き捨てるように言ったマルリアの耳は、真っ赤に染まっている。

周囲を見ると、リリもフィオランもマルリアの意見に大きく頷いていた。

「マルリアちゃんのお仕事は、お姉さんのことをお姉さんって呼ぶ――」

「そんなわけないでしょ、変態！　バカなこと言ってないで、ちゃっちゃとテントを建てるわよ！」

「…………あい。ぐすん」

そんなやり取りをしてから、フィオランたちは早速動き出した。

俺は、マイロくんを流し見る。

よほど疲れていたのか、マイロくんはすでに夢の中だ。

重い荷物を持ってあれだけ歩いたのだ。無理もない。

それじゃあ俺も休ませてもらうか。ただ、その前に一報入れておかねば。

そう決めて、俺は連絡用の端末を手に取った。

数回のコールを挟み、ミルカの声が聞こえる。

『もしもーし、どうかしたのー？』

「いや、大したことじゃないんだが、少しだけ落ち着いたからさ。その報告だな」

しかし俺が連絡したのは、それだけが理由ではない。

実はサーラが去ってから、俺は霧状の魔力を彼女に向け続けている。

サーラが進む方向、速度、移動範囲――どれを取っても異常はない。

鑑定結果を見る限りだが、サーラは普通に狩りをしているようだ。

それが本当に正しい情報なのか、音から状況判断ができるミルカにも聞いておきたい。

俺は尋《たず》ねる。

「サーラの音は追えているな？」

『うん！　今のところは、怪しくないかなー？』

モチヅキ隊長から連絡が来ていないことも踏まえて考えると、本当に差し入れ用の肉を狩りに行っただけ……なのか。

「引き続き、よろしく頼むよ。どんな些細《ささい》なことでも、気付いたことがあったら教えて欲しい。大変だと思うけど任せたぞ」

『はいはーい！　ボクの大活躍《だいかつやく》に、乞《こ》うご期待だよ！』

俺は「よろしく頼む」ともう一度言ってから、通信機を切った。

そして小さく息を吐いてから、周囲を見る。

「このまま何も起きずに、終わればいいんだがな……」

マルリアとフィオランは湖のほとりにテントを建て、リリが楽しげにカレーを混ぜている。

任務さえなければ、ただただまったりとした時間を過ごせたはずなんだよな。

そう思いながらぼんやりしていると、サーラが木々の陰から姿を見せた。

「ただいま」

「お帰りなさい！　どどど、どうしたんですか、その姿⁉」

リリが大慌てで駆け寄るのも無理はない。

サーラの制服がどろどろに汚れているのだ。そして背には大きなタスク・ドッグ。

身長の低い彼女では背負いきれなかったのか、タスク・ドッグの太ももから下は地面についてしまっていた。

サーラが歩いてきた方向には、獲物を引き摺《ず》った跡がある。

運ぶのに相当無理をしたらしい。とはいえ怪我《けが》している様子はないから、ひとまずは安心か。

「獲物を倒した。持ってくる時に、転んだ」

「解体しなかったのか？」

骨や皮など、食べられない部位を置いてくれれば、ずいぶんと軽くなっただろうに。

そう考えての質問だったが、サーラは首を横に振る。

「洗わないとダメ」

「あー、それもそうか……」

サーラが言う通り、解体はできるだけ清潔《せいけつ》な状態でするべきだ。

特にこの肉は、孤児院の子供たちの口に入るわけだし。

ビーコンを使って連絡すれば、回収班に獲物を持って行ってもらうこともできるが、その場合、現金だけで肉はもらえないから、こうなったのは当然と言える。

「何はともあれ、無事で良かった」

俺はそう口にしてから、フィオランの方を向く。

「フィオラン、頼んでばかりで悪いが、解体を任せてもいいか？」

「もっちろん！　お姉さんに任せて！」

むふん！　と胸を張り、フィオランは嬉しそうに笑う。

そして呆然としているサーラに近付き、泥まみれの髪をよしよしと撫でた。

「上手に解体できたら、お姉さんのことをお姉さんって呼んでくれる？」

「……ダメ。私に勝てたらって言った」

「なんで⁉　今の流れでダメなの⁉」

フィオランは両手両膝を地面について、肩を落とす。

何故いけると思ったのか疑問だが、聞くと長くなりそうだからやめておこう。

俺は今一度、周囲に目を遣った。

カレーはくつくつと煮《に》えているようだし、テントは完成間近。マイロくんも起きたみたいだな。

「サーラは水辺で泥を落としてから着替え。リリはサーラの護衛を頼むよ」

サーラは頷き、リリは「はい！　任せてください！」と答えてくれた。

万が一を考えると、俺も同行したいところだが、さすがに無理だな。

代わりに――

「周囲の安全確認もかねて、フィオランもサーラたちと同じ場所で作業をして欲しい」

「はいは〜い」

サーラが不審な動きを見せたとしても、リリとフィオランの二人なら対処できるからな。

「マイロくんも起きたことだし、テントの設営はマイロくんとマルリアの二人に任せる。カレーは俺が引き継ぐよ」

薪《まき》を使ってカレーを煮込むなんて初めてだが、焦《こ》げているかどうかと温度くらいなら鑑定で分かる。サーラやリリたちに全力の鑑定を向けながらでも、楽勝だ。

そう思っていると、サーラが俺の顔をぼんやり見上げて言う。

「着替えの許可、ありがと。服も乾燥《かんそう》させたい。許可が欲しい」

「乾燥？」

「ん。ここは森の中。弱めに炎系の魔法を使う」

「……あー、うん。なるほど」

浄化の魔法に続いて、乾燥の魔法か。

これも鑑定には出ていない技術だな。

それに疑問点がもう一つ。

「使える魔法は浄化魔法だけで、その他は練習中。そう言っていなかったか？」

「ん。乾燥は炎魔法のなり損ないみたいなもの。実戦にたえるレベルじゃない」

「なるほどな」

濡れた服を乾燥させるだけ――確かに炎魔法とまでは言えないような気はするが、鑑定結果には『炎魔法（弱）』のように記載されるはず。

そう考えると、やはり怪しい。

「分かった、許可するよ。ただし、俺が見てる前で使うこと」

「ん」

気にしすぎだとは思うが、油断して取り返しのつかない事態になるよりはいい。

着替えを持ったサーラとリリが並んで、湖の方に向かって歩いていく。

「むむー、お姉さんには重くてあがらない！　マルリアちゃーん！　手伝ってー！」

フィオランはタスク・ドックを持ち上げようとしたものの、引き摺ることすらできなかったみたいだ。

それを見てマルリアが溜め息をつく。

「……はぁ。ほんと頼りがいのない年長者よね。仕方がないから、ちょっとだけ手伝ってくるわ」

「ああ。よろしくな」

その後も、サーラは目立った動きを見せなかった。

カレーを食べ終わった今、夕日は木々の奥に消えている。

パチパチと爆《は》ぜる焚き火が、リリたちの顔を淡く照らす。

マイロくんが持っている袋の中にはライトやランタンも入っているが、まだ温存しておこう。

「見張りを立てて交代で休息を取り、日の出と共に行動開始する。それでいいかな？」

俺の言葉に全員が頷いた。

最初の見張りはリリとフィオラン。次に俺とマイロくん。そして最後がマルリアとサーラという順だ。

リリとフィオランだけを残し、それ以外のメンバーはテントの中へ移動した。

☆★☆★☆

（……ルト様、……アルト様、起きてますか？）

（……ん？）

体が揺れる感覚に、ゆっくりと目を開ける。

見えたのは、俺の顔を覗き込むリリの瞳。

俺の肩を揺らしていたのは、リリだったのか。

（ごめんなさい。交代の時間なので起こしに来ました）

（……あー、ああ。ごめんな。ありがとう）

テントで軽く目を閉じるだけのつもりが、そのまま寝てしまったらしい。

マイロくんもフィオランに揺すられ、眠そうに目をこすっている。

マルリアは綺麗な姿勢で、サーラは猫のように丸くなって眠っていた。

どこまで信用していいか不明だが、サーラの鑑定結果には『熟睡状態《じゅくすいじょうたい》』の文字が見える。

（それじゃあ、見張りに行ってくるよ）

（はい。よろしくお願いします）

そうしてマイロくんとともにテントを出ると――

「うわ、さむっ……」

「これは、聞いていた以上ですね」

マイロくんも身を縮こまらせている。

焚き火があるとはいえ、夜の森は冷える。

冷たい風が吹き抜け、体から熱を奪っていく。

空には大きな月が浮かび、無数の星が輝いていた。

「支給品のコートです」

「ああ、ありがとう」

荷造り時に『嵩張《かさば》るからいらないのでは？』なんて思っていたコートが、今はとても有難い。

「寒いのは気合いが足りないからだ、って言われて育ったからね。そこまで気が回らなかった。助かったよ」

「いえ、お役に立ててよかったです」

ふわぁー、と大きなあくびをするマイロくんを横目に、周囲に視線を向ける。

虫の声がしきりに聞こえてくる。

そして、遠くから響くこの声は……フクロウか？

そんなふうに益体《やくたい》もないことを考えつつ、俺は無線機を耳に当てた。

「アルトです。今から見張りの任務に就《つ》きます」

すぐさま、ルルベール教官の声がする。

『うむ。了解したわい。こちらは異変はなし。モチヅキのところも問題なしじゃな』

「分かりました。次はサーラたちと交代する時に連絡します」

『モチヅキの隊にも、注意を呼び掛けておくわい』

「ありがとうございます。それでは」

そして通信を切った。

サーラが寝ている演技をしていたとは思わないが、当たり障《さわ》りのない言葉を選んだつもりだ。

寒い空を見上げて、大きく息を吐く。

冷たい風を肺《はい》いっぱいに染み渡らせ、俺はサーラが寝ているテントに目を向けた。


見張りを始めて、一時間が過ぎた。

俺は折《お》り畳《たた》み式の椅子に背中を預けて、伸びをする。

「周囲を見張るだけってのも、意外に疲れるんだな」

そう呟いて、隣の椅子に目を向けた。

一緒に見張りをしているマイロくんは、肘置きに体を預けて夢の中だ。

「十一歳に夜中の見張りは、ハードだよな」

明日も獲物を探して森の中を歩くことになる。今くらいは、ゆっくり休んで欲しい。

そんな思いを胸に焚き火に枝を投げ入れた。白い煙が立ち昇り、夜空に消えていく。

「ゆったりとした、いい夜なんだがな……」

魔物が襲ってくる気配はなく、テントの中も静かだ。

「雲ひとつない快晴《かいせい》、か。明日も晴れてくれるといいな」

そうして平和なまま、授業が終わってくれたらいい。

なんて思っていると――

「ああああああああああああ‼」

右隣から苦しそうな声がした。

慌てて顔を向けた先にあるのは、椅子から転げ落ちるマイロくんの姿。

両手を胸に当てて体を丸めながら、もがき苦しんでいる。

――いったい何が⁉

マイロくんは地面に膝を突き、両手を広げ、体を大きく反《そ》らせて再度絶叫する。

「あああああああああああ‼」

叫び声も、体の動きも、苦痛の表情も、全てが異常だ。

なのに――マイロくんに向けた鑑定結果に、異常は見られない。

なんだ⁉　何が起きている⁉

どうしたらいい！　どうするのが正解だ？

そんなふうに混乱していると、テントが開いた。

視界の端に入ったのは、テントから出てくるマルリアの姿。

「マイロ‼」

目を見開いて叫ぶマルリアの視線の先――マイロくんの胸の辺りから、紫色《むらさきいろ》の光が溢れ出した。

「‼」

不意に脳裏を過ったのは、マイロくんの体を覆っていた紫色の霧《きり》。

ルメルさんたちと焼肉をする直前に見たあの霧と、今目の前にある紫色の光が似通《にかよ》って見える。

「――魔力が吸われる！」

案《あん》の定《じょう》とでも言うべきか、鑑定を向けた時の反応も同じ。

いや、あの時の数倍の力で魔力を吸われる。

だが、違いはそれだけじゃない。紫色の光からは、命を脅《おびや》かすような危険な気配を感じる。

あれは、やばい。

「フィオラン！　リリ！　マルリアを止めろ!!」

「「!?」」

マルリアは、慌てて駆け出そうとしていた。

そんな彼女の腰目掛けて、リリが後ろから体当たりするように抱き着く。

そしてフィオランは正面に回り、マルリアの肩を押さえた。

「離しなさいよ！　マイロが！　マイロが！」

目に涙を浮かべてそう叫ぶマルリアに、リリとフィオランが言う。

「ダメです！　アルト様の邪魔になります！」

「行ってもできることはないの！　マルリアちゃんも分かってるわよね!?」

「だけど、マイロが！　マイロが――」

マルリアを紫色の光に近付ける訳にはいかない。

何も考えずに近付けば、命を落としかねないからな。

――どうにかして、打開策を！

そんな俺の思いとは裏腹に、紫色の光の輝きが強まる。

「くっ――」

俺は慌てて距離を取る。

マイロくんの体は、たちまち紫色の光に包まれてしまった。

俺は何か分からないかとシルバーのブレスレットに魔力を注ぎ、何倍にも膨らませてマイロくんにぶつける。しかし、鑑定は届かない。

どうしたものか――そう思っていた矢先、紫色の光が点滅し始めた。

全身に冷や汗をかく。言葉にできない気持ち悪さが、全身を駆け巡《めぐ》る。

「――全員、この場から離れろ！」

そう言葉にしながら、俺も地面を蹴《け》って距離を取る。

それから一拍置いて、紫色の光が弾けた。

「くっ――!!」

反射的に閉じた瞼《まぶた》の裏に、強烈《きょうれつ》な光を感じる。体内の魔力が、光に吸い取られていく。

何一つ状況が分からない中で、体内の魔力だけが減る。

魔力がもたない。魔力不足で命を落としかねない。

やがて体のバランスが崩《くず》れ、地面に手をついた。

「……はあ、はあ、はあ」

もうこれ以上吸われたら、まずい。そう思ったタイミングで、紫色の光が消えた。

魔力が吸い取られる感覚もない！

目を開いて顔を上げると、宙に浮くマイロくんの姿があった。

魔力が不足している時特有の気持ち悪さを誤魔化《ごまか》すように、奥歯を強く噛み締める。

そして、視線をちらりと後ろに遣る。

振り向いた先に見えたのは、地面に倒れたリリ、マルリア、フィオランの姿。

胸を押さえて苦しそうにしているものの、リリは魔力量に余裕がありそうだし、マルリアはやや遠い位置にいたためか、そこまで酷くはなさそうだ。

だが、元々魔力量が少ないフィオランは危険だ。

俺は彼女に鑑定の魔力を向ける。

【名　前】フィオラン
【状　態】生命力：119／119　魔力量：0／17
魔力欠乏症《まりょくけつぼうしょう》　吸魔《きゅうま》

他の仲間も鑑定してみるが、魔力量がゼロなのも、吸魔の文字が表示されているのもフィオランだけだ。魔力が吸われている状態——吸魔の状態が継続している理由は分からないが、このままでは命に関わる。

早く魔力を与えないと……と動き出そうとした。その時——

「なっ——⁉」

マイロくんの体を覆っていた紫色の光が再度発生した。今度はムチのような形をしている。

その先端が周囲の木々よりも高くまで持ち上がり、フィオラン目掛けて振り下ろされる。

「くっ！」

フィオランへの直撃だけは、どうにかして避けないと！

そんな思いを胸に、吐き気を気合いで呑み込んで、地面を蹴る。

片手でフィオランを突き飛ばし、俺は光のムチを体で受け止めた。

「うっ……」

一瞬で大量の魔力が吸い取られるのを感じる。

酷い目眩《めまい》と頭痛に襲われた。

視界が揺れる。

だが俺の背後にはフィオランがいるのだ。倒れる訳にはいかない。

「アルト様！」

周囲を見渡す余裕はないが、リリだけは声を出せる状況にあるようだ。

そして背後からは、辛《つら》そうなフィオランの呼吸音が聞こえる。

俺はしんどいのを堪《こら》えつつ、どうにか口を開く。

「リリ！　フィオランを運べるか⁉　フィオランを連れて木々の裏に隠れるんだ！」

「ですが、アルト様は――」

「俺なら大丈夫だ！」

急激に魔力が減る経験は、王国時代に何度もした。耐性があると言っていい。

魔力が枯渇《こかつ》している状態で無理に鑑定させられるなんて、日常茶飯事《にちじょうさはんじ》だったからな。

光のムチがゆっくりと持ち上がる。もう一刻の猶予《ゆうよ》もない。

「リリ！」

「――分かりました！」

リリが駆け出す音が聞こえる。

そんなタイミングで、光のムチが再度点滅を始めた。

「全員、身を伏せろ！」

ムチのようにしならせた魔力を振り下ろしてくるとばかり思っていたが――完全に読み間違えた！

だが、後悔するのはあとだ！

この紫色の光に対する現時点での対処法は、今のところ分からない。

ならば、全員が生き残るためにはどうすればいいか考えるべきだろう。

マルリアが倒れている場所までは距離があるから、光を拡散させた攻撃の影響は大きく受けないはず。そして、リリはまだ魔力に余裕がありそうだ。

ということはフィオランさえ守れれば、全員生き残れるに違いない。

そう結論付け、フィオランの上に覆い被さる。

そしてありったけの魔力を背中に纏《まと》い、目を瞑《つむ》る。

魔力をぶつけることで、少しでも相手の攻撃の勢いを相殺《そうさい》できないかと考えた結果だった。

体を、紫色の光が突き抜けていく。

ムチを受けた時のような衝撃はないが、大量の魔力が吸われて、全身から力が抜け落ちていくような感覚に襲われる。

瞼を開けて周囲を見回すと、意識のない三人の姿が見える。

「フィオラン、リリ、マルリア……！」

しかし、立ち上がれない。

それでも二人の荒い呼吸音だけは聞こえてくる。

生きているようだが、あんな状態で次の攻撃に耐えられるのか⁉　何かできることはないのか⁉

考えろ！　思考を巡らせるんだ！

――そんな時、無線機からミルカの声が聞こえる。

『異変があったんだよね⁉　何が起きているのかは分からないけど、応援を向かわせた方がいい？』

そうだ、ここにいるのは俺たちだけじゃない！

「モチヅキ隊にリリたちを退避させるよう、要請《ようせい》して欲しい。それと――」

そう言葉を紡ぎながら鑑定結果を見たが、モチヅキ隊長が率いる第三弓兵隊の中に、魔力の回復ができる者は見当たらない。

本部にいる救護班のリストも作戦に挑むに当たって確認したが、ケガや病気を治す人材はいても、そのような者はいなかったはず。

それでも一縷《いちる》の望みをかけて、俺は言う。

「至急、救護班の援助を頼む！　魔力回復ができる者が必要だ！」

『――分かった！』

ミルカがそう言ったあと、無線機の向こうが慌ただしくなった。

その間に今回作戦に参加している者以外で誰かいないか、鑑定で探そう。

幸《さいわ》い、これだけ魔力を減らされたとて、使い慣れている鑑定は使える。

それから少しして、ルルベール教官の声がする。

『ワシじゃ！　適切な者が見当たらん！　そちらには誰を連れていけばいい⁉』

やはり救護班にはいなかったか……

念のため、無理にでも鑑定を使って人を探しておいてよかった。

俺は口を開く。

「ハサランテ軍曹《ぐんそう》をお願いします。今、訓練校で昼寝中なはずです」

『……それはあれじゃな？　鑑定した上での結論じゃな？』

「はい。俺が鑑定できる範囲で一番近くにいる適切な人材が、彼です」

『……あい分かった』

ハサランテ軍曹は、ただの軍医だ。

俺たちが半日かけて歩いた距離を、すぐに移動できるわけもない。

だから、これは事後処理に向けての準備だ。

この場を無事に生き延びたのちに、回復できる手筈《てはず》を整えただけである。

結局、やることは変わっていない。

それでも『ここを切り抜ければどうにかなる』ことが明確になっただけで、精神的な余裕が生まれた。

俺は光のムチの方に視線を向ける。

マイロくんの体は紫色の光に包まれたまま、未だ宙に浮かんでいる。

十字架《じゅうじか》に張りつけられたかのような状態で、指先はピクリとも動いていない。だが――

「――意識はあるのか!?」

瞼が僅《わず》かに動いているのが分かる。紫色の光も弱まって見える。

先程は必死すぎて気付かなかったが、無線で話している間に攻撃が来なかったのも、マイロくんが抵抗していたからなのか⁉

「マイロくん、聞こえるか⁉」

頼む、聞こえてくれ！

そんな俺の祈りに応えるかのように、マイロくんの体を包む紫色の光が一瞬だけ揺れた。

「フィオランが体調を崩した。このままだと危ない。頭のいい君なら分かるね？」

あまりプレッシャーをかけたくないが、マイロくんならその期待に応えてくれるはず。

「深呼吸できるかな？　焦らなくても大丈夫だから」

ここにいるメンバーは、全員が優秀な才能を持った努力家だ。

マイロくんだってそう。俺はそんな彼を信じる。

「返事はしなくていいよ。体に違和感があるよね？」

魔力を向けた時の感覚や肌に感じる雰囲気。触れるのを戸惑わせるほどの圧力。

それは以前からマイロくんの体内にあった『魔力を吸い込む何か』からも感じたものだ。

俺はそこから、ある仮説を立てる。

『魔力を吸い込む何か』が、表面に出てきたのではないか？

以前も同じことがあった。今回はその比ではない危険度だが、それはマイロくん自身の魔力が増えたから。

普段はそれすら制御下に置いていたのだろうが、今回、慣れない長時間の移動でそれが暴走してしまった――とか。

全て俺の憶測《おくそく》でしかないが、あり得ない話じゃない。

「その違和感はキミの敵じゃないよ。キミの体の一部、味方なんだ。分かるね？」

マイロくんなら抑え込むことができるはず。そう信じて、俺は言葉を重ねる。

「体の力を抜いて、魔力に意識を向けて。普段の訓練と同様に魔力を体の隅々《すみずみ》にまで流すイメージだ。魔力の流れの中に違和感を感じる箇所があるよね？　それに手を伸ばすことはできるかな？」

マイロくんの手足はピクリとも動かず、体を覆う紫色の光にも変化はない。

だが、光のムチの動きが止まる。

――そんな時、不意に鑑定結果が表示された。

【名　前】吸魔の光
【補　足】発動者を含めた周囲の魔力を無作為《むさくい》に吸収する。
魔力が多い土地で生まれた者の体内に稀《まれ》に宿り、九割以上の者が制御できずに命を落とす。

鑑定の魔力は絶えず向けていたが、まさか通るとは！

マイロくんがもうこの吸魔の光をコントロールしたということか――いや！　マイロくんの首から下がっているマルリアお手製のお守りが、淡いピンク色に輝いている！

そのピンク色の光が俺の鑑定を受け入れ、吸魔の光を鑑定できるようにしているのが分かる。だが、まだ正体が分かっただけだ。それをマイロくんが制御しなければならないことは変わらない。

「違和感のある『何か』と自分の魔力。その二つを混ぜることはできるかな？」

祈るようにそう言葉にしたが、吸魔の光は収まらない。

お守りから発生しているピンク色の光は、増えたり減ったりを繰り返している。

魔力が足りないのか？

「もう少しだけ耐えて欲しい。いいね？」

俺はそう口にすると、大きく息を吐いて、魔力切れの体を無理やり立たせる。

そしてシルバーのブレスレットを外し、それを掴んだ上で吸魔の光に向かって手を伸ばす。

一歩ずつ前に進みつつ、口を開く。

「俺が合図した後に、魔力が爆発的に増えるはずだ。それを感じたら、魔力と『何か』を混ぜ合わせて欲しい」

紫色の光に近付けば近付くほど、吸われる魔力が増えていく。

吐き気や目眩が酷くなり、寒気までする。

奥歯をグッと噛み締めて、腕を紫色の光の中に差し込んだ。

「くふ――!!」

ムチを受けた時と同じか、それ以上の量の魔力が吸い取られるのを感じる。

それでも必死に手を伸ばし、シルバーのブレスレットをマイロくんの指先に触れさせる。

「マイロくん！　今だ!!」

俺の叫び声と共にマイロくんの魔力が膨らみ、周囲に溢れ出した。

マルリアが作ったお守りを中心に、ピンク色の光がゆっくりと広がっていく。

やがて光の色が紫からピンクに全て変わると、マイロくんは拘束から解かれ、前のめりに倒れた。

「どうにかなったか……」

そう呟くと、俺も仰向けに倒れる。

マイロくんの体を覆っていた紫色の光は消え、魔力が吸われる感覚もなくなった。

俺はなけなしの力を振り絞り、フィオランに向けて魔力を放つ。

それでも魔力はゼロのまま、増える兆《きざ》しすらない。

通常、魔力は時間経過で回復する。だが、魔力欠乏症に陥った者の魔力は特殊な魔法を使わなければ増えない。そのためさっきハサランテ軍曹を呼んだのだ。俺が使えるのは鑑定のみ。魔力の回復はできなくとも、何か起こらないか――と思ったが、やはり無理だったか。

するとそんなタイミングで、俺の視界の端に人影が映る。

「……ん。良かった」

サーラだ。そういえば、吸魔の光が現れてから彼女は姿を見せていなかった。

テントの中で、虎視眈々《こしたんたん》と俺たちを仕留めるタイミングを窺っていたのか――!?

「みんな、魔力切れ？」

誰に問い掛けるでもなくサーラはそう呟き、周囲を見渡しながら、ゆっくりと歩き始めた。

何をする気だ!?

そう叫びたくとも、声すら出ない。現状は最悪だ。焦りだけが募《つの》っていく。

「……すぐに済む。寝てて」

サーラはそう口にしつつ、腰の剣に手を伸ばす。

そして持ち手に指を這《は》わせ、剣をゆっくりと引き抜いた。

サーラはフィオランの元まで歩き、言う。

「痛くしない」

そして剣を両手で握り直すと、フィオランの体を上向きにしてから馬乗りになる。

心臓に切っ先を向けて――

「……回復促進」

サーラの小さな声が、俺の耳に届いた。

剣はフィオランの体に触れることはなく、寸前で止まった。

次いでサーラの額に、大粒の汗が浮かぶ。

そんな彼女とは対照的に、フィオランの顔には赤みが戻ったように見える。

「次はあなた。動かないで」

フィオランを助けてくれた、のか？

戸惑う俺の元に、サーラがやってくる。

フィオランの時と同じように、俺に馬乗りになってから剣の切っ先を心臓に向け――

「回復促進……」

剣先から温かい光が流れ込んでくる。

ポカポカとした何かが心臓に流れ、胃《い》を通って、全身を巡っていく。

すると指先を動かすことすらできなかったのが嘘《うそ》のように、起き上がれるようになった。

【名　前】フィオラン（23歳）
【状　態】生命力：62／119　魔力量：1／17
　　　　　魔力欠乏症　気絶　回復促進（微）
【補　足】復帰まで三時間三十六分

魔力をフィオランに向けたが、『吸魔』の文字は消えて魔力量ゼロの状態も脱していた。

代わりに『回復促進（微）』の文字がある。

「……サーラは、回復魔法も使えたのか？」

「ん。おまじない程度でしかない」

サーラはそう言うが、それを体感してしまった以上、効果の有無は疑うべくもない。

「申し訳ない。いきなり剣を向けられて驚いた」

「ん。剣は杖も兼ねてる。言ってなかった。ごめんなさい」

「いや、助かったよ」

完全に敵対行動だと思ったが、なんとか第三弓兵隊の助けを呼ぶのを思いとどまってよかった。

そして、これも浄化魔法の時と同じだろう。

本人に隠す気はなく、俺が鑑定できなかっただけ……か。

「リリたちも回復させてほしいんだが……魔力が足りないのか？」

「ん。二人が限界」

「そうか……」

額の汗や疲れきった表情を見る限り、嘘は言ってないと思う。

命の危機に晒されていたフィオランが最優先。次いで、リーダーの俺を回復させる。

その判断だって、極めて適切だ。

「ありがとう。本当に助かったよ」

心の底からの言葉だった。サーラがこの場にいなければ、フィオランは危なかったのだから。

さて、今の行動でサーラが敵じゃないことはハッキリしたな。

全員が魔力不足で、半数以上が意識不明。

ここまで無防備な状態だったのに、それでも俺たちを助けることを選んでくれたのだから。

不審な点はいくつかあるものの、それだって彼女なりの事情があってのことなのだろう。

「何はともあれ、全員が無事で良かった」

「ん」

リリたちも、フィオランも、明日の朝まで休めば元気に動けるようになるはず。

そう思いつつ、ほっと息を吐いた——そんな時だった。

サーラが突然大きく目を見開き、俺に背を向けて、慌てたようにポケットに手を突っ込んだ。

「なんで……？」

「どうかしたのか？」

そう問いかけた俺を振り返ることなく、サーラはポケットから何かを取り出す。

見えたのは、黒い布に包まれた四角い何か。

黒い布には見覚えがある。魔力封じの布——マルリアを拉致《らち》した王国貴族が持っていた布と同じものだ。これで包んだものは魔力で探れなくなる。

もっとも杖を用いることで、俺はこれを鑑定できるようになったが。

魔力封じの布越しだからハッキリとは見えないが、四角い何かはビービーと音を発しながら赤い光を放っているようだ。

「……どうして」

呆然と手元を見下ろしつつ、サーラは改めてそう消え入りそうな声を漏らした。

俺は、四角い何かに鑑定をかける。

【名　前】監視の魔道具
【製作者】蛇《へび》の末裔《まつえい》
【補　足】一組の魔道具の片割れ。もう片方を持つ者に、現在地と音を伝える。
また、任意の項目にかけられた鑑定効果を誤魔化すことも可能。
現在は魔力不足により、その機能が失われている。

入学式で倒した蛇の化物や、倉庫で倒した狼《おおかみ》、元上司の貴族であるアンメリザに憑依《ひょうい》した邪神《じゃしん》。

そいつらを召喚《しょうかん》した者と製作者が同じだ。

どういうことなんだ!?

逸《はや》る気持ちを抑えつつ、何も知らない振りをしてサーラに問いかける。

「サーラ？」

鑑定結果に《蛇の末裔》の文字がある以上、敵と関係していることは間違いない。

だが、魔力不足の俺たちに危害を加えるどころか、回復魔法を掛けてくれたのも事実。

サーラの返答を聞いてから判断しよう――そう思っていたが、彼女はハッと顔を上げて森の奥に向かって走り出す。

「なっ――!?」

慌てて愛用の短剣を引き抜き、サーラの視線を横切るように投擲《とうてき》する。

サーラが一瞬足を止めた。

その隙に彼女の前に回り込み、予備の短剣を引き抜きつつ聞く。

「どこに行くつもりだ？」

やはり体調が万全ではない。まだ魔力が不足しているらしく、目眩や吐き気がある。

だが、このままサーラを行かせるのは危険だ。

「みんなを残して森の奥に向かう理由は？」

俺が再度問うと、サーラは奥歯を噛み締め、腰にある剣に手を伸ばす。

そのまま剣を抜きかけたが――首を横に振った。

「……言えない。見逃してほしい」

剣から手を放し、両手を挙げる。その姿はあまりにも無防備だ。

「緊急の用事ってことか？」

「ん」

サーラの意図は読めないが、森の中にはモチヅキ隊長たちが潜んでいる。

このまま泳がせて彼らに任せた方が、より情報を引き出せるか。

「分かったよ。ただ、さっき見た紫色の光のことは黙っていて欲しいんだ。いいかな？」

「……ん。交渉成立」

地面に倒れるみんなを流し見て首を横に振ると、サーラは森の奥に消えていく。

その背中を見送りながら、俺は無線機に手を伸ばした。

1　紫色の光に包まれて

無線機を起動すると、すぐさまルルベール教官の声が聞こえる。

『儂《わし》じゃ。状況は分かっておる。用件を聞こうかの』

「話が早くて助かります。モチヅキ隊長に『見失ってもいいので、察知されないことを最優先に遠距離から監視してほしい』と伝えて下さい」

『む？　見失ってもいいのか？』

「はい。この森の中にいる限り、音を補足できないことはないでしょうから。見失ったところで、音を頼りに再度回り込んでもらえばいい。ミルカは起きていますか?」

『うむ。儂の隣で、耳を動かしておるわい』

フィオランたちの呼吸は、安定してきている。

俺はこのままこの場を守り続けて、サーラのことはモチヅキ隊長とミルカに任せればいい。

そう思っていると、ルルベール教官が思わぬ提案をしてくる。

『おそらくじゃが、儂らがそっちに行った方が話が早そうじゃな?』

「まぁ、それはそうですが――」

『分かった』という言葉ののち、無線が切れた。


十五分ほど経ち――ミルカを背負ったルルベール教官が現れた。

「教官は本部で待機していたはずでは? というか、さっきまで本部にいましたよね?」

「うむ」

いや、うむじゃねぇよ! そう思ったが、相手は教官だ。

どうせ、無茶苦茶《むちゃくちゃ》なスピードで森の中を駆けてきたんだろう。

「針葉樹《しんようじゅ》が予想より多くてのぉ。枝の上を走った際に葉が足に刺さって、かなわんかったわい」

……おいおい、木の上を走ってきたのかよ。

『おぬしは自分が規格外だと自覚すべきじゃな』なんて何度も言われたが、俺の鑑定魔法なんかよ

り、教官の方がはるかに規格外だよな。まあ、今更それを指摘するのも野暮《やぼ》か……

そう思いながら、俺は地面に降り立ったミルカに目を向けた。

「サーラの足音は追えているか？」

「うん！　余裕だよ！　前の任務で『屋敷の音を全部聞け！　帝国の兵士も王国の兵士もどっちもだ！』って言われたことを踏まえて、無茶に応えられるように努力してたんだよね！　備えておいてよかったー！」

「な、なんだかすまん……」

するとそんなタイミングで、リリとマルリアが苦しそうに咳《せ》き込んだ。

そして、二人はガバッと跳ね起きた。

「アルト様！」

「マイロ！」

リリは俺の姿を見て安心したような表情を浮かべる。

そしてマルリアは、地面に倒れたままのマイロくんを見て駆け出した。

その足取りはかなりふらついていたが、元気になったようで良かった。

心配そうな表情でマイロくんの元に座り込んだマルリアに、俺は言う。

「魔力の回復が始まってるみたいだ。三時間くらいで目を覚ますと思うよ」

「……そう。ありがと」

ほっと息を吐いて、マルリアはマイロくんの頭を撫でる。

それを横目に、俺はリリに視線を向けた。

顔色は良くなっているし、魔力も少しは回復したようだ。

無理はさせたくないが――

「サーラが怪しい行動を起こしたんだ。ミルカが聞いている音を全員で聞きたい」

「……分かりました」

しんどそうではあるが、リリは頷いてくれた。

次いで俺は、ルルベール教官に言う。

「意識がない二人の様子を見ていてもらえますか？」

「うむ。ジジイは不要だから子守《こも》りをしておれ。そういうことじゃな？」

「いっ、いえ！　そんなわけじゃ――」

「くはは、冗談じゃ。二人の介抱《かいほう》を任されてやるわい。その代わりと言ってはなんじゃが、サーラをきっちりと追い詰められるな？」

「ええ、優秀な部下たちが揃ってますから。任せてください」

リリの杖に手を触れつつ、俺はマルリアに目を向けた。

「マルリアも手伝ってくれるか？」

「……分かったわ」

マイロくんのそばにいさせてあげたいが、どうしてもマルリアの力が必要だ。

マルリアとミルカも、リリの杖に触れた。

リリの杖に触れている同士であれば、言葉を介さずとも会話できたり感覚を共有できたりするんだよな。

ミルカの犬耳がぴょこぴょこと揺れ動く。

杖を通して、荒い呼吸音と地面を擦るような足音、風を切る音も聞こえてくる。

「走っているのか？」

「うん！　お兄さんと別れてから、ずーっと走ってるみたいだよ？」

冷静沈着なサーラのイメージからは想像できないほど、呼吸が乱れている。

足音も、どことなく焦っているように感じる。

「追っ手を気にする様子は？」

「全然ないよー。振り返ることすらなく、本当にずーっと走ってるね」

心の底から焦っている。そう思ってよさそうだ。

俺たちの前から姿を消して十五分ほど。彼女が向かう先に、何かがあるのは間違いない。

俺はマルリアに視線を向けた。

「紙とペンって、持ってきているか？」

「あるにはあるけど、どうしたのよ？」

また無理難題を押し付ける気？　そう言いたげな表情でマルリアが首を傾げる。

「地図を描いて欲しくてさ。俺が周囲の地形を伝えるから、それを整理してほしいんだ」

物作り系の才能を持っていて手先が器用。字や絵も上手い。そんな彼女が適任だと判断したのだ。

しかし、マルリアは何故か大きく目を見開いた。

「周囲の地形って……地形を鑑定するってこと？」

「ん？　そうだが？」

それ以外に何があるんだ？

そう思いながら、俺はマルリアの目を見返した。

地形を鑑定するというと大仰《おおぎょう》に聞こえるが『そこに地面があるか』を鑑定し続けるだけだから、さほど難しいことではないんだよな。

「木の種類とか、地面の成分まで見るわけじゃないから、そんなに難度は高くないんだ」

そう弁明してみるが、マルリアは呆れた目をして大きな溜め息をついた。

「具体的には、何を鑑定する気なの？」

「地面の高低差に、川や湖の位置、木が生《お》い茂《しげ》っているのはどこか……とか、そのくらいだな」

現状、何が起きるか分からない。

魔力はできる限り温存しておきたいからな。

そう思っていると、マルリアは投げやりな表情でシッシと手を振る。

「もういいわよ。早くやりなさい」

「？　ああ、分かったよ」

なんだか釈然《しゃくぜん》としないが、今はサーラの追跡が優先だ。

俺は頭を切り替えつつ、足を肩幅《かたはば》に開いて目を閉じた。

「魔力の波を周囲に満遍《まんべん》なく展開する……」

そう呟きながら魔力を練っていると、物音が聞こえた。

振り向いた先に見えたのは、巨大な剣を抜くルルベール教官の姿。

「教官？　何を？」

「ささやかじゃが、儂も手伝わせて貰うわい」

近くに生えていた大木を手のひらでぺしぺし叩きながら、ルルベール教官が巨大な剣を握る。

「この場で地図を描くのは、大変じゃろうしの」

剣が地面と水平に、一瞬で振り抜かれた。

スパンという心地いい音が響く。少し遅れて、大木が横にズレる。

倒れそうになる木を片手で抱えながら、教官が凹凸《おうとつ》のない切り株に剣先を向けた。

「ここを机替わりに使うとええ……椅子も必要じゃな」

そう口にしてから、抱えていた木を真上に投げる。

そして落ちてくる木に切っ先を向けて、巨大な剣を振り抜いた。

曲芸でも見せられているかのような早業《はやわざ》で、背もたれ付きの四角い椅子が四つ、できあがる。

「邪魔したのぅ」

俺たちの姿を見ようともせず、ルルベール教官はマイロくんたちの側へ戻って行った。

隣にいたマルリアは、何故か俺を流し見てから大きく息を吐く。

「あっちも化物、こっちも化物。本当に嫌になるわね」

言いたいことはなんとなく分かるが、教官の剣技と比べたら、俺の鑑定魔法は赤ちゃんレベルだ。

それに化物扱いはさすがに酷くないか？

まぁこれまでの経験上、言い訳をしても無駄な気がする。下手な反論はしないでおこう。

そう思っていると、マルリアはふいっとそっぽを向きつつ、口を開く。

「一応、褒《ほ》め言葉だから」

「え……？」

褒め言葉？　化物が……？

「その辺はおいおい理解させてあげるわよ！　言っても無駄なのは分かってるし、悲しくなるだけだもの！」

フンと背を向け、マルリアはがま口のポシェットをパチンと開く。

そして取り出した白い紙を切り株の上に広げて、使い込まれたペンを手に持つ。

「これ以上悩んでも無駄だからやめるわ。ほら、早く情報を寄越《よこ》しなさい！」

「あ、ああ」

相変らず常識のズレを感じるが、今はそれについて話している状況でもない。

俺は椅子に腰かけて、リリの杖に触れる。

ミルカとリリとマルリアも席に着き、杖に触れたのを確認して、鑑定を使う。

そして、その結果を脳内に思い描いた。

「こんな感じだけど、描けそうか？」

「ええ。直接見るより分かりやすいわね」

苦笑いを浮かべつつ、マルリアは真っ白な紙にペンを走らせる。

木々の厚みが濃い場所、薄い場所。山や川、谷、湖、洞窟《どうくつ》。

マルリアの手が動く度に、ただの白い紙が、精密《せいみつ》な地図へと変わっていく。

「さすがだな」

「はい！　すっごく綺麗です！」

できあがった地図を見て、俺とリリはそう感嘆の声を上げた。

すると、マルリアは頬を赤らめながら言う。

「あんたが思い描いたものをそのまま描いてるだけじゃない。無駄に褒められても、嬉しくないわよ！」

いやいや、不器用な俺には到底無理だ、こんなの。

山や湖を色分けして見易くする工夫もしてあるし、『さすがはマルリア』でしかない。

マルリアはポシェットから針金《はりがね》の人形《にんぎょう》を取り出して、俺に押し付けてくる。

これは、彼女が生み出した任意の魔道具。魔力を注ぐことで動かせる駒《こま》だ。

「ほら！　サーラを追いかけるんでしょ⁉　早く地図の上に置きなさいよね！」

「ああ、そうだな」

隣にいるミルカに目を向ける。

すると、彼は地図の一点を指差した。

「今はここにいるね！　やっぱり、ずーっと同じ方向に走ってるみたいだよ？」

ミルカが教えてくれた場所に向けて、俺も魔力を集中させる。

返ってきた鑑定結果を見ても、サーラは確かにそこにいるようだとわかる。

地図上に人形を置き、サーラの動きに合わせて走らせる。

「サーラが向かってる先には、何もないように見えるんだが……？」

家や小屋はもちろん、開けた場所どころか川や湖すらない。

どこまで行っても森と山があるだけだ。

サーラはどこへ行くつもりなんだ？

そう思っていると、不意にサーラを鑑定できなくなった。

「サーラの反応が消えた⁉」

慌てて注ぐ魔力を増やしてみたが、それらしい反応は、やはりない。

「足音は追えているか？」

「うん。サーラ先輩は、そのまま走り続けているみたいだよ？」

ミルカの耳は、何事もなかったかのようにサーラの足音を拾い続けている。

確かに杖を通して、絶えず風切り音や乱れた息の音が聞こえてくる。

……ミルカがいてくれて、本当に良かった。

そう思いつつ、俺はミルカに聞く。

「サーラが何か特殊なことをしたような気配はあったか？」

「ん～、なかったかな？　お兄さんが声をあげるまで、なんにも気が付かなかったもん」

「そうだよな」

念のためにリリやマルリアにも視線を向けたが、彼女たちも同じ考えらしい。

「サーラが何かした訳じゃなく、俺の魔法を防ぐ何かがそこにあるわけか」

「その可能性が高そうだね……」

おそらくは魔力封じの布と同じ類《たぐい》だろう。

その技術がサーラだけを対象にしたものならまだいい。

もしそれが、そのエリア自体の感知を狂わせるものだとしたら……

厄介事の香りがする。

「森の奥深くに、魔力を拒《こば》む場所か……」

「どう考えても、イヤな予感しかしないね」

リリやマルリアも同じ思いらしく、顔に緊張の色を浮かべている。

いつの間にか戻ってきて、俺らの会話を聞いていたらしいルルベール教官の声がした。

「モチヅキの隊に探りを入れさせる。情報は全ておぬしに集めるわい」

「分かりました」

鋭《するど》い目つきで無線機を手にしているルルベール教官を横目に見ながら、俺はサーラを追いかけている先輩たちに魔力を向けた。

モチヅキ隊の中でも隠密《おんみつ》行動に優れた先輩たちが、合計十一人。

四方に散らばって、彼らはサーラのあとを追っている。

「マルリア、悪いんだけど――」

「これでいいんでしょ?」

俺の言葉を先回りして、マルリアが十一個の人形を渡してくれる。

その頼もしさに思わず口元を綻《ほころ》ばせていると、無線に着信があった。

聞こえたのは、モチヅキ隊長の声。

『アルト准尉。キミに部下たちの指揮権を譲渡《じょうと》する。頼めるかな?』

「……分かりました」

一瞬言葉に詰まったが、地形も、人の配置も、サーラの様子も、全てを把握しているのはこの場にいる俺たちだけだ。

大きく息を吸い込んで、ゆっくりと吐く。

口から飛び出しそうなほど跳ねる心臓を、無理やり押さえつける。

震える手で無線機を操作し、周波数を先行部隊のそれに合わせた。

「それでは、こちらから指示を出させて貰います」

俺は森の中にいる十一人の鑑定結果を改めて見直し、その中でも特に隠密の技術と逃げ足が速い二人の名を口にする。

「マエス伍長《ごちょう》とユタルーメ伍長は、私の指示に従って動いてください」

『『了解しました』』

ミルカにはサーラの音だけを拾い続けて貰い、俺は指示出しに集中する。

マルリアが色違いの人形を二つ渡してきた。

十一個あった駒のうち二つをそれに置き換える。

「スピードを落とし、より慎重に進んでください。不審なものがあったら、触れずに報告してください」

鑑定が届かなくなったポイントまで、間もなくだ。

鬼が出るか蛇《じゃ》が出るか。

固唾《かたず》を呑んで報告を待っていると——ミルカが口を開く。

「サーラ先輩が、立ち止まったみたい」

慌てて音に意識を向けたが、確かにサーラの足音が聞こえない。

聞こえてくるのは、乱れた呼吸音だけだ。

「そして微《かす》かにだけど、サーラ先輩に近付く足音が聞こえる」

俺には聞こえないが、ミルカの分析だ。間違いはないだろう。

そんなタイミングで、最前線にいる二人の声が聞こえてくる。

『少女に辿《たど》り着く前に、石碑《せきひ》を発見。そしてその先は黒い霧に覆われています』

「……了解した」

石碑と黒い霧、サーラに近付く足音か……

予想以上に面倒な事態のようだな。

「しばらく様子を見ます。石碑や黒い霧には触れずに、離れて待機してください」

『了解しました』

俺は次いでミルカに言う。

「まずは正体不明の足音から得られる情報の収集に注力する。ミルカ、頼めるか？」

「うん！　もちろんだよ！」

部下に頼ってばかりで本当に申し訳ない。

この場にミルカがいなかったらと思うと、ゾッとするな。

「サーラの周囲の音だけを拾ってくれればいいからな。その代わり、本当に小さな音も聞き逃さずに拾って貰えるか？」

「うん！　それがボクの役目だもんね！　任せてくれていいよ！」

ミルカはリリの杖を握る手にぎゅっと力を込めて、大きく頷いてくれた。

そして目を閉じる。

ミルカの犬耳が、ぴょこぴょこ動く。

サーラに近付いてくる誰かの足音は、俺たちにも聞こえるくらいの大きさになった。

俺の元上司のアンメリザを化け物にした男も、魔法は通じなかったが物理攻撃は効いた。

敵は魔力をいなす技術に長《た》けている――そう分析する。

少しして、聞き覚えのない女の声が聞こえた。

『ずいぶんと汗だくね。……私に会いに来たのかしら？』

余裕しゃくしゃくで、サーラを小馬鹿にするような笑い声だ。

サーラはゴクリと喉を鳴らした。

彼女がひどく緊張しているのが、嫌というほど伝わってくる。

女は楽しそうに言葉を続ける。

『反応が途切れたから死んだのかと思ったけど、潜入に失敗して殺された訳ではなかったのね』

『……ん』

『あらザンネン。それで？　私が渡した道具はどうしたの？』

『……壊《こわ》れた』

サーラはポケットの中をガサゴソと探っている。

彼女の声からも、衣擦《きぬず》れの音が多いことからも、緊張と怯えが感じられる。

次いで、女の不快そうな溜め息が聞こえてきた。

『私があげた大事なプレゼントなのに、本当に壊れちゃってるわね。どんな使い方をしたのかしら？』

『……事故に巻き込まれた』

『そうね。直前に聞こえた音から、あなたのせいじゃないのはなんとなく分かっていたわ』

……マイロくんの不思議な体質を正体不明の第三者に知られた。そう見るべきだろうな。

下手《へた》に目を付けられなければいいが、そう都合良くはいかないだろうな。

そう思っていると、不意にサーラが大きな声を上げる。

『兄は？』

『もうちょっとで使っちゃうところだったけど、残念ながらギリギリ無事よ』

『そう……』

心の底から漏れ出たような、ほっとした声。

俺たちを振り切ったあとも全速力で走り続けた理由と、大きく関係しているのだろう。

潜入。録音。兄……

確証はないが、サーラがどのような立場に置かれているのか、なんとなく推測できる。

『今回は特別よ？　次はないから気を付けなさい』

『……ん。感謝する』

その言葉とは裏腹に、サーラの声からは憎しみの色を感じる。

サーラは女から新しい魔道具を受け取り、代わりに壊れたものを渡したようだ。

そして新たに貰った魔道具を、どこかに忍《しの》ばせる。

『……それじゃ、行く』

『ええ。大好きなお兄ちゃんのために頑張りなさい』

くつくつ笑う女を前に、サーラは無言で踵《きびす》を返す。

足音を聞く限りだが、俺たちがいる方に戻ってくるつもりのようだ。

俺はサーラの鑑定結果が消えた場所を中心に魔力の霧を広げながら、ミルカに向けて口を開く。

「サーラは追わなくていい。女の足取りを追えるか？」

「うん。任せてよ」

緊迫した雰囲気の中、脳内にゆっくりと歩く女の足音が響く。

そしてギィーという重い扉が開く音に続いて、男の声がした。

『おかえりなさいませ、カストロリーテ様』

『ただいまって言うほどの距離でもないけどね。それよりも実験は順調かしら？』

『はい。近日中には成果をお届けできると、報告を受けています』

『そう。それは良かったわ』

楽しそうに話していた女は、不意にポケットから何かを取り出したようだ。

『魔道具から聞こえる音から察するに、今は普通に走っているみたいね。念のための措置は必要かしら』

サーラが持っていた魔道具は、音を拾うためのものだったのか。

『今の実験が終わり次第、第三研究室に移るわ。準備を進めなさい』

『かしこまりました』

『それと私の魔道具を壊した男の子を捕まえる準備も進めるように。あの力が手に入れば、神もお喜びに――』

ギィーとドアが閉まる音を最後に、女の声が途絶える。

ミルカは申し訳なさそうに目を伏せて、首を横に振った。

「今のボクじゃ、扉の奥の音は聞き取れないみたい。直前の足音から察するに、地下に入ったと思うんだけど……」

「そっか。分かったよ」

俺も鑑定魔法を向け続けているが、手応えはない。どうやら、ここまでのようだ。

「役立たずでごめんね、お兄さん」

ミルカはそう言って悲しそうな顔を俺に向けるが、ミルカが悪いわけじゃない。

むしろミルカが頑張ってくれたからこそ、重要な手掛かりが得られた。

前進しているのは、確かだ。

「本当に助かったよ。引き続き、女の声が消えた地点の音を聞き続けて貰うことはできるか？　動きがあったら報告してほしい」

「うん！　何時間でも頑張るね！」

ミルカは力強く頷き、両手をぎゅっと握り締める。

そんな頼もしい部下の姿を横目に見ながら、俺はマルリアに視線を向けた。

「この地図も本当に助かった。ありがとな」

「にゃ!?　べっ、別に、私は大したことなんてしてないわよ！　褒めるならミルカとリリを褒めてあげなさいよね！」

ぷいっと顔を背《そむ》けたマルリアに苦笑を向けながら、俺は色分けされた地図を手に取る。

『サーラが辿った道筋』『鑑定魔法が効かなくなった場所』『女の足取りが消えた場所』……そんなところまでしっかり記してくれたのか。

そして気を失っている二人に魔力を向ける。

【名　前】フィオラン
【状　態】魔力欠乏症　気絶
【補　足】復帰まで二時間十一分

【名　前】マイロ・アルストロ
【状　態】気絶
【補　足】復帰まで一時間四十九分

気絶から目覚めるまで、もう少しかかりそうだな。紫色の光に包まれていたマイロくん自身に魔力欠乏症の文字がないのは気になるが……それに関しての考察はあとでしよう。

そう思いながら、マルリアに向けて口を開いた。

「頼みっぱなしで悪いんだが、二人の看病を任せてもいいか？　このまま何もなければ、普通に目を覚ますと思う」

「分かったわ。マイロのついでに、変態の様子も見ていてあげるわよ」

マルリアは心の底からほっとした様子で笑い、いそいそと二人の元に向けて駆けていく。その小さな背中を見送って、俺はルルベール教官に目を向けた。

「察しているかとは思いますが、正体不明の敵に関して重要な情報を掴みました」

「うむ。詳しく聞こう」

マルリアと入れ替わりでこちらに来たルルベール教官が、切り株の上の地図を覗き見て、深い溜め息をつく。

「このレベルのものが即興《そっきょう》でできあがるとはのぉ。おぬしたちと敵対するなら、見通しの悪い場所は悪手じゃな」

くつくつと笑いながら、ルルベール教官は俺たちを敵と仮定して、あーでもない、こーでもないと言葉を続ける。

俺としては、化け物と正面から渡り合うルルベール教官とは絶対に敵対したくはないが、万一そういう事態になったなら――

「大量の魔法兵で周囲を固めて一斉攻撃。それなら、どうにか教官と戦えそうです」

「うむ。常に位置を知られておる状況で包囲されたら、ひとたまりもないわい。儂が魔法を斬り損なえば、一発アウトじゃな」

「……あー、そう、ですね」

いやいやいやいやいや。この爺《じい》さん、魔法も斬れるのかよ。強すぎんだろ、マジで。

そんな風に内心驚愕《きょうがく》していると、ルルベール教官は背筋を伸ばして地図上の『女の足取りが消えた場所』を指差した。

「ここに敵の根城がある可能性が高い。そうじゃな？」

「はい」

森の入り口から最短で半日の距離にある、地下空間。そしてその入り口の周囲を埋め尽くす、謎の黒い霧。女が発した言葉を考慮しても、そこで何かを行っているのは確かだろう。

「敵の責任者らしき女が、『今の実験が終わり次第、第三研究室に移る』という発言をしていました。つまり、そこ以外にもそういった根城があると考えられるかと。別の拠点は、俺たちが立ち入れない可能性もあります」

「仕掛けるのであれば早い方が良い。そういうことじゃな？」

「はい。早急に探りを入れるべきだと考えます」

今まで後手後手に回っていた中で掴んだ、唯一の手掛かりだ。

その足取りが消える前に、更なる情報が欲しい。それに――

「サーラ訓練生は、どうやら兄を人質《ひとじち》に取られているようです」

あの時の不穏な会話が、どうしても頭から離れない。

兄を――人を使うとはなんだ？　『研究』という言葉が出ていたことも踏まえると、人体実験のモルモットとして使われそうになっている……とか？

「ふむ。詳しく聞こうかの」

「分かりました」

俺は先程得た情報を、ルルベール教官に伝える。

話を聞き終えると、教官は顎《あご》に手を当てて目を閉じる。

そして目を開くと、ちらりと手元の無線機を流し見たあとで、低い声で聞いてくる。

「サーラ訓練生がここに戻るまでの時間はどれくらいじゃ？」

「このままの速度で走り続けたと仮定すると、二十分ほどです」

教官は真剣な表情のまま頷き、言う。

「アルト准尉。おぬし、木の上をどのくらいの速度で走れる？」

木の、上？

「走れませんが……？」

「うむ。ならば背負うかのぉ」

言うが早いか、ルルベール教官は俺に背を向けて地面に膝をつく。

そして腕を大きく広げて背筋を伸ばした。筋肉質の大きな背中が差し出された形だ。

「早《はよ》う乗れ。少々急ぐぞ」

「りょ、了解です！」

ルルベール教官の勢いに押され、大きな背中に体を預ける。

すぐさま教官の手が背後に回り、俺の体をガッチリとホールドした。

「黒い霧と石碑があるのは、あちらじゃな？」

「え、ええ。その通りです」

サーラが戻ってくるまでの時間と黒い霧と石碑の位置、そして木の上を走れるかとルルベール教官が聞いてきた意味に、俺は遅まきながら気付く。

この爺さん、サーラが帰ってくる前に黒い霧と石碑を調べるつもりだ！

ルルベール教官の肩越しにリリと目が合った。

リリは愛用の杖を胸に抱いて、聞いてくる。

「あっ、あの！　走る速度をアップさせた方がいいですよね？」

「……えーっと」

ルルベール教官はただでさえものすごい速度で移動するだろう。俺からしたら、かなり怖い提案だ。でも作戦の成功率を上げることを考えたら、速度を上げた方がいいのは事実である。

だけど、ささやかな抵抗をしたくなるのも人の性《さが》だろう。

「教官、どう思われますか？」

「む？　むろん、速い方が良いわい」

ですよねー。……まあ、仕方ないか。

俺はルルベール教官の背に乗ったまま、リリに向けて口を開く。

「それじゃあ、お願いできるかな？」

「分かりました！」

リリは杖を両手で握って、教官に向けて頭を下げた。

そして杖の先を教官のお腹に当て、大きく息を吸い――

「〈スピードアップ〉を起動します！」

続けて、リリの杖の先端が今度は俺の腰に触れる。

「〈パワーアップ〉を起動します！」

リリの魔力が流れ込み、体の奥底から力が湧き上がる。

これで俺はより強くルルベール教官にしがみつけるようになって、大変助かるわけだが……

俺は慌ててリリに魔力を向ける。

【名　前】リリ（15歳）
【魔力量】6／137

一時は40近くまで回復していたリリの魔力が、また一桁《ひとけた》になっている。

それでもリリは、気丈《きじょう》に笑ってみせた。

「大丈夫です！　アルト様と一緒に毎日鍛《きた》えてますから！」

「助かるよ。でもこれ以上無理はしないこと。いいね？」

「はい！　本当に大丈夫です！　なのでそんな顔、しないでください！」

「……そうだね」

心配しすぎても鬱陶《うっとう》しく思われるだけ。

この前読んだ『上司の心得』ってタイトルの本にも、そう書いてあった。

「ありがとう。リリの力を借りて頑張ってくるよ」

「はい！　応援しています！」

俺は、ルルベール教官の背中にしがみつく。

「準備できました。いつでも行けます」

「うむ」

ルルベール教官は大きく頷いてから、体の具合を確かめるように手足を動かす。そして――

「しっかり掴まっておれ！」

そんな言葉と共にルルベール教官は膝を曲げ、大きく飛び上がった。

大木の枝の上に乗ると、あり得ない速度で走り出す。

枝から枝へ――それを超高速で繰り返しているわけだが、怖すぎる！

振り落とされたら、シャレにならねぇ！

そう思っていると、ルルベール教官があり得ないことを口にする。

「ふむ。もう少しスピードを上げてもよさそうじゃな」

「えっ⁉」

さらにスピードが上がった。

あり得ない速度で流れていく木々に、聞いたことのないレベルの風切り音。

滅茶苦茶怖いんだが⁉

「さすがはおぬしが育てた才能じゃな。リリ訓練生の支援魔法のおかげで、体が恐ろしく軽いわい」

あははー、それは良かったですー……

「どれ、速度の限界に挑戦してみるかのぉ」

「いっ⁉」

いや、ホントにやめて！　死んじゃうから！　俺、死んじゃうから‼

そんな内心の祈りも空《むな》しく、もう一段階速度が上がる。

俺は必死にルルベール教官の背中にしがみつき、目的地に着くのを心待ちにするしかなかった。

「うむ。この辺りじゃな」

不意に風切り音が消える。

ルルベール教官の背中から転げ落ちた俺の視界に映ったのは、ゆっくり揺れている木の葉。

頬に感じる地面の感触で、こんなに安心することがあるのか……

地面最高！　愛してる！　もう二度と離れたくない!!

そんなことを本気で考えつつ、俺はどうにか手元の時計に視線を向けた。

「……二分しか経っていないだと……？」

サーラが本気で走り続けて二十分ほどの距離だったはずだよな？

「アルト准尉。無事かのぉ？」

「……えぇ、まぁ、なんとか」

膝も腰もガクガクしてますが、五体満足で心臓も動いてます。

俺は大きく息を吸い込んで、地面に寝転んだまま周囲に魔力を向けた。

サーラがいる地点に意識を向けて――思わず眉が上がる。

「動いていない……？」

予想していた地点よりもずいぶんと手前から、サーラの鑑定結果が返ってくる。

そのまま数秒ほど見守ったが、動き出す素振《そぶ》りすらない。

そして、彼女の手には小さな水筒が握られているのが分かる。

「休憩か……？」

三十分弱、サーラは全力で走り続けていた。

女に会った時も肩で息をしていたし、さすがに限界がきたのだろう。

俺はそう結論付けて、上半身を起こした。

「サーラ訓練生の動きが止まっています。キャンプ地への到着予想時刻が後ろにずれそうです」

「それは朗報《ろうほう》じゃな」

「ええ」

俺はチラリと森の奥を流し見てから、ルルベール教官に聞く。

「このまま黒い霧と石碑がある地点に向かいます。よろしいですね？」

「うむ。おぬしに任せるわい」

「分かりました」

今いるのは、鑑定が弾かれた位置からほど近い場所。

一歩ずつ足元を確かめながら木々の隙間を進んでいく。

そして、黒い霧と石碑の前まで来ると、足を止めた。

ゴクリと唾《つば》を呑み、ルルベール教官に小声で問いかける。

（周囲に敵の気配は？）

（今のところは感じぬな）

（分かりました）

無線機に目を向けたが、連絡も入っていない。

そこからさらに前進し、木々の隙間に隠れながら黒い霧に目を向けた。

（どう見ても自然発生した霧ではないですね）

そこの一角だけが黒い霧に覆われているなんて、どう考えても不自然。魔法によって生み出されたものだろう。

（あの黒い霧を、全力で鑑定します）

（うむ。周囲の警戒は任されよう）

（信頼してますよ）

俺はルルベール教官に向けて軽く頷きながら、集中する。

シルバーのブレスレットで魔力を増幅させ、黒い霧を包み込むように展開する。

それから慎重に、鑑定をかけていき――

（……ダメか）

だったら石碑の方はどうだろう。そう思って石碑に魔力を向けてみたが、それもすり抜ける。

鑑定の魔力はその後ろの木にぶつかり、木の鑑定結果が視界の端に映し出される。

（鑑定自体は成功した。任意のものを、魔力が通らないようにする魔道具って感じか……？）

どうやら距離が離れていたから鑑定できなかったわけではない、ということが分かった。

それに、鬼の化物などを鑑定した時と同じ感覚を得た。

俺は背後に視線を向けて、口を開く。

（教官、力を貸して貰えませんか？）

鬼の化物と対峙した時に、俺はルルベール教官の魔力を借りて、鑑定を成功させている。

大量の魔力を使えば敵にバレる可能性も高くなるが、情報がないままこの黒い霧の中に突入するよりはずっといい。

ルルベール教官は大きく頷く。

(儂は何をすればよい？)

(鬼の化物を倒した時のように、魔力を貸してください)

(む……？)

何故か首を傾げるルルベール教官の様子を見ながら、俺はその太い腕に手を伸ばす。

パンパンに膨らんだ筋肉を手のひらに感じながら、自身の腹の奥にある魔力に意識を向けた。

(……ん？)

魔力が流れてこない？

鬼の拳を前にルルベール教官に触れた時は、恐ろしい量の魔力が流れてきたのに。

(教官？)

(なんじゃ？　不思議そうな顔をして、何があった？)

(いえ、石碑と霧を鑑定するために、教官の魔力を分けて頂きたいのですが……)

そんな俺の言葉に対して、ルルベール教官は何故か首を傾げる。

(魔力を分けるとは、どういう意味じゃ？)

(え……？　いえ、鬼の化物を前にした時、教官は魔力を分けてくれたじゃないですか)

教官が俺の顔を見て、胸の前で腕を組んだ。

どうにも話が噛み合っていない。

少しして、ルルベール教官が言う。

(何を勘違いしたのかは分からぬが、儂に魔力を譲渡する技術はないわい)

(……え?)

予想外の言葉に息が詰まった。

ルルベール教官に魔力を渡す技術がない?

(でも鬼の化物を前にした時――)

(ふむ。混乱の原因はそれじゃな。あの時、おぬしの魔力が急激に増えたのは儂も感じたわい。じゃがな、儂は何もしておらぬのじゃ)

(……)

信じられない話だが、ルルベール教官が嘘をつく理由はない。

俺は問う。

(では、あの魔力はいったい?)

(すまぬが、見当も付かぬな)

(そうですか……)

ルルベール教官がいれば、大量の魔力を借りて鑑定できる! そう思っていたが、これは想定外だ。

さて、どうするか——そう考えていると、声がする。

『お兄さん、聞こえる？』

無線機から、ミルカの声がした。俺たちが敵地にいると知っているため、ひそひそ声である。

慌てて無線機を耳に当て、先程まで黒い霧や石碑を鑑定するのに回していた魔力を周囲に向ける。

森の中を大まかに鑑定し……サーラが、かなりの速度で移動しているのが分かった。

目の前の異変を暴くのに必死になっていたために、サーラが再び走り始めていたことに気づかなかったなんて……不覚だ。

『すぐに戻らないと、サーラ先輩が戻ってきちゃうかも』

ミルカが言うように、今すぐにでも戻らなければ、サーラより早くキャンプ地に辿り着くのは難しいだろう。それほどまでに、サーラの移動速度は速い。

兄を救うべく急いでいた時より全力で走っているように思える。

だが、何故急に⁉

(何が起きたか分かるか？)

『敵の女から電話が来たんだ。一秒でも早くキャンプ地の音を拾いに戻れって』

(なるほど。教えてくれて助かった。ありがとう)

焦りを呑み込んで俺はそう言葉を返し、無線機を切った。

サーラがキャンプ地に到着するまで、もう五分もない。

とはいえ、ルルベール教官におぶってもらえば、二分で戻れるはず。

(教官、すみませんが背中を)

(うむ)

膝を曲げたルルベール教官の大きな背中に目を向ける。

一瞬だけ、躊躇《ためら》った。

チラリと振り向いた先に見える黒い霧と石碑に関して、何ひとつ情報を得られていない。

その事実に、後ろ髪を引かれたのだ。

(アルト准尉、撤退じゃ)

(……はい)

(しっかり掴まっておれ！)

ルルベール教官の首に腕を回しながら、俺は考える。

それにしても、何故鬼を鑑定した時、魔力が増えたんだ？　あの時と何が違う？　あの時の俺は何をした？

鬼の化物を前に死を覚悟し、俺は巨大な剣を握り締めたルルベール教官に抱えられて――

「……剣？」

ふと、ルルベール教官の腰にある巨大な剣が目に留まる。

俺は、走り出そうとしていた教官を慌てて止めた。
「教官！　最後に試したいことがあります！　剣を抜いてください！」
そうだ、そもそも俺が杖を持とうと発想したのだって、教官の剣が杖の役割を果たしていたかもって思ったところから出発したんじゃないか。なんで忘れてたんだ！
そして俺が立てた仮説は、やはり正解だったようで――

【名　前】魔透過《まとうか》の霧
【製作者】蛇の末裔
【補　足】霧の内部にある任意のものに、魔法を透過する効力を付与する。

【名　前】霧の魔法石
【製作者】蛇の末裔
【補　足】魔透過の霧を発生させる魔法石。
　この石自体も、魔法を透過する力を持つ。
　魔法攻撃に対して絶対的な優位性を得るため、開発された魔道具。

目の前の石碑の鑑定は終わった！　あとは女が消えた場所を鑑定するだけ!!

そう思った矢先、無線機からミルカの声がした。

『お兄さん！　このままじゃ間に合わない！　サーラ先輩、もう帰ってきちゃう！』

ミルカが言うように、サーラの移動速度がさらに上がっている。これ以上は無理だな。

「了解。急いで帰るよ」

そう口にしてから、ルルベール教官に言う。

「教官、よろしくお願いします」

「了解したわい！」

俺はルルベール教官に、全身全霊でしがみつく。

教官は握り締めていた剣を鞘《さや》に収め、勢いよく地面を蹴る。

来た時と同じように移動し始めてすぐに教官が言った。

「速度を上げるわい！　しっかり掴まっておれ！」

「――!?」

今よりも速くなるの!?　来た時よりもすでに速いんですが!?

いや、まあ確かに、俺たちがサーラよりも早く帰らないと厄介なことになるのは、間違いないと思う。

だけど！　俺が振り落とされたら元も子もないんじゃない!?

そう思いながらもどうにかしがみついていると、肩越しに声がした。

「して、アルト准尉。何か掴めたかの？」

「……ええ。最低限の情報だけですが」

入学試験の時に戦った蛇、警邏《けいら》中に現れた狼、アンメリザに取り憑いた鬼。

これまで戦った化物たちに共通して見られた《蛇の末裔》の文字が、黒い霧と石碑の鑑定結果の中にあった。それに石碑の説明には『開発された』という文言《もんごん》もある。

「あの黒い霧の中には『蛇の末裔の研究施設』がある可能性が高いかと」

「……《蛇の末裔》が関係しているのは、間違いないんじゃな？」

「はい。製作者の欄《らん》に書いてありましたから」

ルルベール教官の体に力が籠《こ》もり、抑えきれない殺気が放たれる。

そんな教官の変化に気付かないふりをして、俺は背後に意識を向けた。

「教官はこのまま走り続けて下さい。俺はもう少しだけ探ってみます」

「む……？」

「もう少しで、研究施設の内部を鑑定することができる気がするんです」

現在ルルベール教官の剣は鞘に収められており、杖としての役割を果たせない。

だが先程、無理矢理鑑定を使った際の魔力の残滓《ざんし》は、今も黒い霧の中にある。

「先程鑑定した際の魔力を辿り、内部を鑑定してみます」

これまで後手後手に回ってきた中で、ようやく掴んだ千載一遇《せんざいいちぐう》のチャンス。

背中の上でやるのは怖いが、今やらないでいつやるんだって話だ。

そんな思いを胸に、俺は魔力の糸を伸ばしていく。

「アルト准尉。くれぐれも気を付けるんじゃぞ。我ながら移動速度はかなり速い。鑑定に集中して振り落とされぬようにな」

「ええ、分かっています」

そう答えながら、俺は軽く目を閉じた。

宙に漂う魔力の足跡はかなり弱々しい。少しでも気を抜いたら、見失ってしまいそうだ。

繊細かつ大胆——そして、スピーディに。

そう意識しながら、魔力を放つ。

「……いけたか？」

黒い霧に阻まれているのは感じるものの、どうにか自分の魔力を研究施設の中に送り込めた。

扉の向こうにあるのは、地下へと続く長い通路。

その先には、二十個以上もの部屋がある。

「予想以上に広いな……」

黒い霧の影響で名前や性別までは鑑定できないが、中にはかなりの人がいる。

問題は、こんな森の奥深くで何をしているのか、ということだが……

【名　前】？？？？の祭壇《さいだん》
【贄《にえ》数《すう》】70
【製作者】蛇の末裔
【補　足】？？？？

広い洞窟の最奥《さいおう》に、禍々《まがまが》しい殺気を放つ何かがあった。

「教官、危険な何かを見つけました」

〈蛇の末裔〉は生贄と引き換えに化物を召喚する。

入学試験で対峙した蛇の化物の贄数は16。狼は17。鬼の化物は70。

鬼の化物によって、何人もの人間が死んでいる。

それと同じ贄数、か……

「鬼と同じ贄数の祭壇が、黒い霧の最奥にあります」

祭壇が何に使われるものなのかまでは、鑑定できない。だが、まともなものでないのは確かだ。

詳しく探ろうと魔力を向けるが――とうとう鑑定の魔力が通らなくなってしまった。

俺は、「はぁー……」と大きく溜め息をついて、今度はサーラがいる場所に魔力を向けた。

「サーラの方はどうにか間に合いそうですね。祭壇については、後ほど改めて調べに戻ればいいですかね？」

「そうじゃな。一人で先走るでないぞ？」

「ええ。分かっています」

一刻も早く動くべきだと思うが、自分一人でどうにかできる問題ではないだろう。

そんなふうに結論付けて、無線機を手に取る。

「ミルカ、両手を広げてテントの前に!!」

『うん！』

次の瞬間視界が開けて、ルルベール教官の足が地面に着く。

地面に転がった俺と入れ替わりで、教官がミルカを拾い上げた。

そしてそのまま速度を落とすことなく、木々の上へ跳び上がる。

ミルカがここにいたら不自然だから、一瞬で教官にピックアップしてもらう必要があったのだ。

「アルト様！　おかえりなさい！」

「もう少しゆとりを持ちなさいよね、まったく……」

そう言葉にしたリリとマルリアの肩越しに、木々の影から出てくるサーラの姿が見える。

……なんとか間に合って良かった。

サーラは肩で息をしながらも、地面に転がっている俺の方まで歩いてきて、不思議そうに首を傾げる。

そして何事もなかったかのように、俺たちに向けて頭を下げた。

「トイレで気絶してた。ごめんなさい」

「ん？」

「持ち場、離れてた。魔力不足の気絶だと思う」

「あー。そうなんだ」

トイレ休憩のために見張りを抜けていただけ。

俺たちは彼女がいなくなったことに気付かなかった――そういうことにしたいのだろう。

かなり無理のある理屈に思えるが、今なおあの女は無線でこちらの音を拾っているはずだし、乗っておいた方が吉《きち》だろうな。

そう考えていると、サーラが手元の時計に目を向けた。

「見張り、交代の時間……」

初めに決めた交代の予定時間は、とっくにすぎている。

だけどサーラは心身共に疲弊《ひへい》しているだろう。

それに彼女が休んでいる間であれば、俺たちは比較的自由に動けるはずだ。

「予想外の事態があったし、俺が責任を持って見張りをするよ。サーラは起床時間まで眠って、体力を温存しておいて欲しい」

「……ん。おやすみ」

乱れていた髪を手櫛《てぐし》で軽く整えてから、サーラはテントの中に入っていく。
俺はその背中を見送ってから、リリとマルリアに小声で頼む。
(何もないとは思うが、動ける準備だけはしておいてくれるか?)
最悪の場合、この場で戦闘することになるかもしれない。
真剣な顔で頷く二人と顔を見合わせて、霧状の魔力をテントの中に流し込む。

【名　前】監視の魔道具
【製作者】蛇の末裔
【ランク】B
【価　格】8万6000エン
【補　足】一組の魔道具の片割れ。もう片方を持つ者に、現在地と音を伝える。
また、任意の項目にかけられた鑑定効果を誤魔化すことも可能。

ミルカからの情報通り、魔道具は新しいものになっている。
ただ、魔力封じの布に包まれてはいないようで、今は普通に鑑定できる。
処置を忘れただけなのか、何か特別な意味があるのか……
真意は分からないが、やはりサーラが《蛇の末裔》の内通者なのは間違いない。

（サーラがいるテントから離れるぞ。こっちに来てくれるか？）

（はい）

（分かったわ）

サーラが持っている魔道具の集音範囲はそれほど広くない。

ルルベール教官が斬って作った机の方まで行けば、俺たちの声は聞こえないはず。

とはいえ、声を潜める必要はあるだろうが。

そして机のところに着いてから、俺は無線機を耳に押し当てる。

（テントの中にいるサーラの音を拾えるか？）

俺がそう囁《ささや》くと、待ち構えていたようにミルカの声がした。

『もっちろん！　えっとね、今は仰向けに寝っ転がって、肩で息をしているみたい！　ぜーはーぜーはー言ってるよ？』

疲労困憊でこちらの様子に気を配る余裕もない。そんな感じか。

あれだけ走った直後だからな。俺たちを騙《だま》すための演技ではないだろう。

（これからも何かしら異変や変化があったら、すぐに報告してくれ）

『はいはーい！』

元気のいい返事を聞いてから、俺は無線機を切った。

そして、未だ眠っているマイロくんとフィオランに目を向ける。

【名　前】フィオラン
【状　態】魔力欠乏症　気絶
【補　足】復帰まで一時間三十一分

【名　前】マイロ・アルストロ
【状　態】気絶
【補　足】復帰まで一時間九分

二人とも経過は順調そのもの。このまま安静にしていれば、日が昇る前に目を覚ますだろう。

(いつ崩れるとも知れない膠着《こうちゃく》状態だけど、一応は落ち着いたな)

周囲には第三弓兵隊が散らばって、俺たちを見守っている。

ルルベール教官やミルカも、呼べばすぐに駆けつけてくれるだろう。

あとは、遠距離攻撃の要《かなめ》であるフィオランが目を覚ませば、どのような状況にも対処できる。

俺は星空を見上げて、「ふー……」と大きく息を吐き出した。

そしてマルリアが描いた周辺の地図を見下ろしてから、隣に立つ二人に言う。

（態勢が整い次第、少数精鋭《しょうすうせいえい》で乗り込もうと思う。力を貸してくれないか？）

二人は表情を引き締めて、静かに頷いた。

2　森の奥地へ

湖上の霧を照らし出すように、木々の隙間から光が差し込む。

肌寒い中、朝日を浴びながら、俺はテントから出てきたサーラに視線を向けた。

「おはよう。よく眠れたか？」

「……ん。それなりに」

マイロくんもフィオランも夜のうちに目を覚ましていた。今は全員、焚き火の側に集まっている。

そんな中、俺は今日の方針を伝えていく。

「夜に色々あったから体調が優れない者が多い。だから、ここに残って体力の回復を図る班と、狩りに出る班に分けたいと思う。前者のメンバーは、マイロくんとサーラとマルリア、後者はそれ以外って感じだ。本当ならフィオランも休ませたいところだが、遠距離攻撃ができないと、狩りは難しいから、頼む。その代わり、休憩はこまめに取る予定だ」

「大丈夫！　お姉さん、もうすっかり元気なんだから！」

マイロくんに無理をさせたくないのは当然本音だが、これは表向きの理由だ。

そんな状況でどう動くのか確かめながら、サーラを敵の基地に近付かせないようにしたい、というのが本当の目的である。

「マルリアはマイロくんの看病を、サーラは周囲の警戒を頼む。マイロくんは、しっかり休むんだぞ」

「分かったわ」

「ん」

「分かりました」

班分けは呆気なく終わり、俺とリリとフィオランは森の中に入っていく。

「……来たようじゃな」

森の中では、ルルベール教官が待っていた。

その隣にはミルカとモチヅキ隊長が立っている。

俺は少しだけ声量を落として、ミルカに聞く。

「サーラの様子は？」

「なんともないよー。マイロ先輩が寝てるテントの前に座って、護衛の仕事をしてくれてるねー」

「そっか。それは良かった」

ずっとこのまま動かないでくれると、ありがたいんだがな。

そんな思いを胸に、俺はルルベール教官に視線を向ける。

「昨晩打ち合わせた通りでいいですね？」

「うむ。ちょうど、バルベルデ伍長たちも到着したようじゃしの」

実は昨夜遅く、もう一度無線を使って、ルルベール教官と今日のための打ち合わせをしたのだ。

そして今回は、以前、鬼の化物と戦った時にお世話になったバルベルデ伍長にも参加してもらうことにした。

信頼できる知り合いということで、盾使いのバズダルムと魔法使いのバドラも来ている。

俺は頼もしく思いつつ、ミルカに再度声をかける。

「ミルカには大きな負担を掛けることになるけど、頼むな」

「はいはーい！　マイロ先輩の時は活躍できなかったからね。ここで挽回《ばんかい》できるように頑張っちゃうよ！」

ミルカはそう言いながら、楽しそうに右手を挙げる。

そんなミルカの姿を横目に見ながら、俺はモチヅキ隊長に向けて軽く頭を下げた。

「モチヅキ隊長、引き続きよろしくお願いします」

「ええ、心得ていますよ。マルリア訓練生、マイロ訓練生の命を最優先に尽力させて貰います。それでいいですね？」

「……もちろんです」

できればサーラの命も……

そう言いかけて、俺は静かに口を閉じた。軽く頭を横に振って、ルルベール教官の背に乗る。

「リリ、準備はいいか？」

「はっ、はい！　大丈夫です！」

抱きかかえるように持っている杖をギュッと握り締めて、リリが頷いた。

俺はそんな彼女に向かって、手を差し出す。

その手を取って、リリもルルベール教官の背に乗った。

「準備は万全じゃな？　しっかり掴まっておれ！」

昨日の夜と同じように、教官は高速で移動を始める。

「ひっ……」とリリが短い悲鳴を上げた。

あっという間にフィオランたちの姿が見えなくなっていく。

「パッ、〈パワーアップ〉を起動しますっ！」

リリの優しい魔力が、俺の体に流れてきた。

魔力の流れを見るに俺だけでなく、リリは自分自身にも魔法をかけているようだ。

そしてルルベール教官の肩に掴まること五分。

「つ、着きましたか……？」

「ああ、ここがひとまずの目的地だよ」

リリが恐怖心から教官に〈スピードアップ〉を付与しなかった影響か。昨日の夜よりも時間にゆとりがあるからか。あるいは、背中に乗っていたのが二人だったからか。

理由は分からないが、昨日の倍以上の時間をかけて、俺たちは石碑の近くに到着した。

ルルベール教官の動きが止まったのを確認して、リリと二人で地面に転げ落ちる。

俺は、どうにか口を開く。

「……少しだけ休憩を取らせてください」

「はあ、はあ、はあ……わっ、私からもお願いします……」

リリは肩で大きく息をしながら目尻に大粒の涙を浮かべ、天を仰ぐように寝転んでいる。

昨日の夜と比べれば遅いとはいっても、怖いものは怖いから仕方がない。

というか、途中で落ちなくて本当に良かった。

少しの休憩を挟んでから、俺たちはゆっくり立ち上がった。

そして、石碑の元へ歩く。

俺は黒い霧に視線を向けつつ、リリの杖に軽く触れた。

ルルベール教官もそれを見て同じようにする。

(敵地の中で声を出すのはかなり危険なので、ここからは杖を通じてやりとりをします。いいですね？)

そう脳内で呟いて、右手を黒い霧の中に差し込む。
（……異変は感じませんね。リリや教官は？）
（特に何も感じません）
（異常なしじゃな）
俺は頷いて言う。
（このままゆっくり進もうと思います。いいですね？）
（はい）
（うむ）
俺、リリ、ルルベール教官の順に並び、黒い霧の中をゆっくり進んでいく。
マルリアが描いた地図を片手に周囲を見渡すが、黒い霧のせいでかなり視界が悪い。
そんな中、違和感を覚えて俺は口を開く。
（なぁ、リリ。全員に〈スピードアップ〉をかけてくれるか？）
（分かりました！　〈スピードアップ〉を起動……あれ？）
リリが、こてりと首を傾げる。
どうやら〈スピードアップ〉が使えないらしい。
（やっぱり、リリの方もダメか）
（私も……ですか？）

（ああ）

リリとルルベール教官に鑑定魔法を向けても、魔力が二人の体をすり抜けてしまうのだ。

魔透過の霧に入った影響で、俺たちも魔力を透過させる効力を得てしまった。

現状を見る限り、そう考えるのが自然だろう。

敵はこの霧を制御できている訳ではなさそうだな。

黒い霧の鑑定結果には、『任意のものに効力を与える』とあった。

となると、敵はおおまかな条件だけを設定していて、それが俺たちにもあてはまったが故に、このような現象が起きているのではないか？

たとえば、『霧の中に入った人間は魔法の干渉を受けなくなる』とか。

現状会話できているのは、リリが魔力を流しているのが杖だからだと考えれば、納得できるし。

そう考えていると、リリが杖を握り直して俺の顔を見上げる。

（この霧……掴めそうな気がしませんか？）

（ん？　掴める？　霧を？）

（はい。本当になんとなくですが……）

リリの言葉を受けて試しに腕を伸ばしてみたが、当たり前のように黒い霧はするりと逃げていく。

そんな俺を見て、リリは俺の上着をちょんちょんと引っ張った。

（いえ、魔力を使って掴むんです。えっと、ちょっとだけ試してみてもいいですか？）

（頼む。手助けが必要なら、なんでもするから言ってくれ）
（分かりました！）
リリは嬉しそうに頷き、軽く息を吸い込んだ。
左手で杖を握り、右手を胸の前に掲げる。
――そんな矢先、ふと、ある思いが俺の脳内を駆け巡る。
この霧、もしかすると支援魔法の類なのか……？
魔法を透過させる力を与える――それは性質を付与する形での支援とも言える。
そう考えると、支援魔法に明るいリリだけが掴めそうだと思ったのも頷ける。
リリの手に魔力が集まり、前方にあった霧が、リリの魔力と同色に染まり始めた。
（できそうです！）

【名　前】リリ
【技　術】支援魔法：10／14　支援操作：1／14

リリを鑑定できるようになった。
そして、支援魔法だけだったリリの技術に、新しい項目が追加されているではないか。
俺は杖に触れてから、脳内で言葉を紡ぐ。

（おめでとう。新しい技術が身に付いたみたいだよ）

（え……？　新しい技術、ですか……？）

リリは信じられないとばかりに目を見開いて、ぼんやりと俺を見返す。

いきなりどうして？　と思っていそうだが、リリは毎日欠かさず支援魔法の訓練を続けていたからな。

（頑張ってきた成果が出たんだよ）

支援魔法も10レベルに上がっているし、魔力量も出会った頃から100くらい増えている。

その結果、支援魔法の派生スキルを習得できたと見るべきか。

（それでなんだけど、今回新たに習得したスキル――〈支援操作〉っていうんだが、どんな技術か分かるか？）

（えーっと……）

顎に手を当ててコテリと首を傾げる姿を見る限り、リリ自身も知らないようだ。

（わしも聞いたことがないわい）

ルルベール教官も知らないということは、かなり珍しい技術らしい。

俺はリリにもう一度黒い霧を掴むように頼み、その肩に手を置いた。

（好きなタイミングで発動してみてくれ。焦らなくていいよ）

（分かりました！）

さっきと同じように、リリは黒い霧に向かって右手を胸の前に掲げる。

その手の中に集まる魔力に向かって、俺は鑑定をかける。

【名　前】支援操作
【効　果】他者が発動させた支援魔法を、意のままに操ることができる。
【効果範囲】半径3メートル（レベル1）
【S補正】レベルと同数の支援魔法を体内にストックできる。

つまりはなんだ？　黒い霧を自由に動かせて、体内に溜められるってことだよな？

（これ、かなりの戦力アップじゃないか？　使い方次第じゃ、かなりヤバイよな？）

そんな言葉が、思わず脳内に浮かぶ。

実際に使って詳細を確かめないと分からないが、かなり有用だ。

（少なくとも、支援魔法を主体に戦う相手なら負けないな）

（そうなんですか？）

（ああ。例えば、〈スピードアップ〉を受けた敵が突っ込んでくる。そんな相手の支援を目の前で奪ったらどうなると思う？）

（きっと、驚くと思います）

（だよな）

訳も分からず、突然スピードが落ちたら誰だって驚く。

瞬時に対応できるはずがない。

（確実に大きな隙を作れると思うぞ。しかもそれを自分にかけることだってできるんだ。表記を見る限り、レベルアップで支配できる範囲も広がるみたいだぞ）

本当に大きな可能性を秘めた技術だと思う。リリはまだまだ強くなる。

支援操作の範囲が広がって溜め込める魔法の数が増えれば、集団戦闘において無類の強さを誇るだろう。

（視界に入る全ての支援魔法を支配できるとか、そのくらいになったら、リリの存在が戦いの勝敗を分けることになる）

（え……？）

俺は目を大きく見開いたリリから視線を外して、ルルベール教官を見る。

落ち着かない様子のリリを横目に、教官は口元に手を当てながら頷いてみせた。

（あり得る話じゃな。戦争において、事前に支援魔法を重ね掛けするのは必須。それを奪えるとなれば、戦況は大きく傾くわい）

（ええ。俺も同じ考えです）

支援魔法に求められるのは、チーム全体を底上げして敵より強くすること。

自分たちだけが異様に強くなり、相手の実力を削《そ》げるなんて、理想の能力だろう。

（リリ訓練生。一応聞かせて貰うんじゃが、スピードダウンなどのデバフ系はまだ習得していないんじゃな？）

（はい。練習はしていますが、力不足で……）

（うむ。デバフ系は最難関と聞くからのぉ。じゃが、おぬしが使えるようになった技は、その上を行く）

リリは大きく目を見開き、俺の方を向いた。

支援魔法の習得難易度の話は初めて知ったが、支援操作がデバフ系より上なのは間違いない。

（支援操作の鑑定結果に、『範囲内の支援魔法を意のままに操る』ってあるからね。デバフ系の魔法との併用もできると思うし）

ルルベール教官は俺と目を合わせて頷き、まっすぐにリリの目を見据えた。

（端的に言って、アルト准尉の鑑定魔法と同じレベルの有用さじゃな）

俺の名前が引き合いに出されたことに異議を唱えたいところだが、リリの表情が大きく変わった。

そして彼女は静かに目を閉じて、自分の手をじっと見つめる。

（アルト様と同じ……）

（うむ。無論、訓練は必要じゃがのぉ。現状でも昇進間違いなしじゃ。もっとも、それも公表すれば、じゃが）

ルルベール教官はそう言って、渋い顔を見せた。

現状、俺の鑑定魔法も秘匿《ひとく》している。

そのことから、リリも支援操作の存在を公表できないことは分かっているのだろう。

彼女はルルベール教官に聞く。

(公表すると、今まで通りの生活はできない。そうですよね?)

(うむ)

(でしたら、全力で隠します。アルト様がいて、フィオランさんたちがいる今の生活が、すっごく幸せなので)

(そうじゃな。儂としても、そうしてくれるとありがたいわい)

下手に公表すると、リリの命が狙われることだってあり得る。

それだけ重大なことなのに、リリはクスリと笑って肩を揺らした。

(私はずっとアルト様の部下でいるつもりなので、支援操作の魔法を公表しなくても、いつの間にか昇進していますから。大丈夫です)

堂々と胸を張り、微笑んでみせる。

ルルベール教官も顎に手を当てながら、楽しそうに頷いてみせた。

(それもそうじゃな)

それから教官とリリは、意味ありげな視線を向けてくる。

（なんじゃ？　異義があれば聞くぞ？　アルト准尉）

（……いえ。何もないですよ）

色々と不服だが、異例の速さで出世したのは事実らしいからな。

何を言っても受け流されるだけだろう。

思わず黙り込む俺を見つつ、リリは拳を握る。

（みんなに迷惑がかからないように注意しながら、成長できるように頑張ります！）

それから褒めてくださいとばかりに、頭を差し出してきた。

素直に撫でると、彼女は嬉しそうに目を細めた。

羊族《ひつじぞく》なのに子犬のようで、なんとも可愛らしい。

そんなふうにほっこりしそうになる気持ちをどうにか引き締め、俺は彼女の頭から手を離す。

（話を戻すが、周囲にある霧を支援操作でどうにかできそうか？）

黒い霧に触れたことで目覚めた力だ。何かしらの行動を取れるに違いない。

リリは杖を握り直して、コクリと頷いた。

（なんとなくですが、食べられそうな気がします）

（……へ？）

食べる？

（霧を……？）

（はい！　美味しそうじゃないですか？）

（……）

周囲を覆い尽くす黒い霧の話をしてるんだよな？　全然美味しそうには見えないが？　怪しすぎて、最初は近付くことすら躊躇したレベルだぞ？

そう思ったが――

「支援操作を持つ者だけが抱く感覚。そういうことだよな？」

口の中でそう呟いて、ルルベール教官に視線を向ける。

教官は顎に手を当てながら、真面目《まじめ》な顔で頷いた。

俺は、再度リリに言う。

（とりあえず試して貰えるか？　危険だと感じたらやめるんだぞ。それだけは約束してほしい）

（分かりました！）

リリは表情を引き締めてコクリと頷き、大きく深呼吸する。そして俺に杖を預けてからゆっくりと両手を前に出して、黒い霧を閉じ込めるように手のひらを重ねた。

その手のひらに口を近付けて、すぅーと息を吸い込み――

「んふっ⁉」

「どうした⁉　大丈夫か！」

俺は思わず声を上げてしまったが、驚いたのは最初だけ。

もぐもぐごっくんと喉を鳴らしたリリの口元が、幸せそうにほころんでいたのだ。
リリは目を輝かせながら、悶《もだ》えるように頬を抑える。
（この霧、綿菓子《わたがし》の味がします！）
（……美味しかったってこと？）
（はい！　すっごく美味しかったです！）
（そっか……）
念のために鑑定魔法を向けたが、異常は見当たらない。

【名　前】リリ（15）
【ストック】魔透過支援

それどころか、リリの鑑定結果に、ストックという項目が追加されていた。
それからリリが手を広げると、霧はその場でふわふわ浮く。
（えーっと。えいっ）
リリはそう口にして、人差し指をピンと弾くような仕草をする。
すると黒い霧は長方形に切り取られ、ふわふわと上昇し始める。
（わっ、あわわー！）

リリは大慌てで一歩踏み出し、長方形の黒い霧を押しとどめる。

どうやら、本当に自在に黒い霧を操れるようだ。

黒い霧を操っても、誰かがこちらに向かってくる様子もない。

（異常なしと判断します。そちらは？）

（何も感じぬな）

（大丈夫です）

俺はほっと息を吐いて、緊張を解いた。

リリは目尻に涙を溜めながら、俺の顔を見上げて言う。

（ごめんなさい。まさか飛んで行ってしまいそうになるだなんて、思わなくて……）

（いやいや、謝ることじゃないよ。敵に見つかった訳でもないし、支援操作も試せた。結果オーライだよ）

（えっとあの、それでなんですが……）

リリはそこで言葉を切り、目を閉じてから森の奥を指差す。

（霧の中に数人の人がいます。そして、地下に続く扉が一・五キロほど先にあります）

（!!）

俺は慌ててリリが指差す先に目を向けた。

霧状の魔力を向けるが、木や石の鑑定結果しか返ってこない。

ルルベール教官も無言で首を横に振った。

（あっ、えっと。人がいるのはかなり先です。何故か分からないのですが、霧の中の様子が分かる気がします）

詳しく話を聞くと、黒い霧は楕円《だえん》状に広がっていて、その中央に地下に続く階段があるとのこと。黒い霧を通して中に何があるのか、なんとなく伝わってくるそうだ。

（見張りは？）

（階段を中心に八ヶ所です。地図で言うと、ここところ、ここ、それからここですね）

（……なるほどね）

階段の位置は、女の足取りが消えた場所と一致する。

俺はルルベール教官に聞く。

（教官、このまま情報収集を続けてもよろしいですね？）

外で待機しているモチヅキ隊長たちを呼ぶのもありだが、少しでも早く、できる限りの情報を集めておきたい。

戦力的にも、ルルベール教官がいれば申し分ないはずだし。

（そうじゃな。リリ訓練生の助言があれば危険も排除できる。儂への指示もおぬしに任せるわい）

（分かりました）

リリが敵の位置を把握して、教官が戦う。

鬼に金棒《かなぼう》というのは、こういう状態のことを言うんだろうな。

何はともあれ、あのまま黒い霧の中を歩いていたら、敵の見張りと鉢合《はちあ》わせていた可能性が高い。

(リリがいてくれて、本当に助かったよ)

(いえ！　本当にたまたまなので！)

リリは両手を前に突き出して、左右にパタパタと振る。

頬を赤らめて恥ずかしそうにしている姿は、なんとも可愛らしい。

少し心にゆとりが生まれたのを感じつつ、俺は扉があるという方向に目を向けた。

(リリは状況把握に集中。教官もいつ対敵してもいいように、用意しておいてください)

(分かりました！)

(任されよう)

大きく頷く二人に頷きを返して、俺は黒い霧の中を進んでいく。

相変わらず鑑定魔法は機能しない。リリの感覚だけが頼りだ。

教官の剣を使って鑑定するという手もなくはないが、敵地に進む中で多くの魔力を使って気付かれでもしたらことだしな。

(敵に動きは？)

(ありません。敵はずっと、同じ場所で立ち続けている感じです)

黒い霧が立ち込めているせいで視界が悪い。でもそれは相手にとって想定内の条件だ。

きっと敵は魔法か魔道具でそれを解消してくるだろう。しかし――

（扉に向かって真っ直ぐ移動します）

（うむ）

（分かりました）

それから少しして、リリの声がする。

（アルト様、見張りまで残り三百メートル。階段まで残り三百五十メートルほどです）

（見張りに動きはないね？）

（はい。あくびをしながら立っているように感じます）

誰も来ないような森の奥深く。周囲は前に進むのも困難な黒い霧に覆われている。

油断するなっていう方が無理だよな。

（して、どうする？　ひとまずは見張りを捕虜《ほりょ》とし、情報を吐かせるか？）

（いえ、さらに進もうと思います）

ルルベール教官は怪訝そうな顔で俺を見返す。

（この先は敵地。隠れる場所はないように見えるが？　霧に紛れられると思っているわけでは、まさかあるまいな？）

（ええ。無謀《むぼう》でしょう）

何せ、敵が発生させているものだからな。

リリが操れるようになったとはいえ、知らないことが多すぎる。

（どうするつもりじゃ？）

（そのまま進む予定ですが？）

ルルベール教官は首をひねり、不思議そうな顔をしている。

敵は油断しているし、アレを使えば普通に進めそうだよな？

そう思っていると、リリが溜め息混じりに肩をすくめてみせた。

（ルルベール先生。お忘れかもですが、話している相手はアルト様ですよ？）

（うむ。そうじゃったな）

いやいやいやいや、何その納得の仕方。

確かにリリにはこれまで『アルト様はおかしいんです。自覚してください。お願いします！』って何度も言われたけどさ。

（アルト様。今度はどんなことをしでかすおつもりですか？）

（爺の心臓は弱いからのぉ。事前に詳しく聞かせて欲しいのじゃが？）

なんだか、歩く危険物のような扱いだな。

いや、そんなにか？　最近は自覚しようと頑張ってるのに、酷い……

（しでかすも何も、普通に進むだけですよ？）

（うむ。その普通についても言及したいが、まずは部下の顔を思い出して貰えるか？）

（部下ですか？）

リリ、フィオラン、マルリア、マイロくん、新入りのミルカと……ルメルさんは部下に含めていいのか？

（して、そのメンバーについてどう思う？）

どう思うって言われても……

（全員、俺にはもったいないくらいの優秀な部下ですね）

いつも助けられてばかりだからな。

本当にダメな上司で申し訳ない。今後もご迷惑をおかけすると思いますが、よろしくお願いします。そんな感じだ。

いまいち、ルルベール教官の伝えたいことが見えてこない。

（一応聞くが、おぬしが普通に見つけ出し、普通に育てた部下じゃな？）

（ええ、まあ。そうですね。俺が育てたというよりは、彼女たちの頑張りの成果ですけど）

教科書を読んで、自主練に励んで、できることを増やしていったから、みんな成長した。

俺がしたことは、それぞれの適性を伝えたことくらいだ。

（その全員が普通ではない力を手にしているのも、理解しておるな？）

（……まあ、そうですね）

ルルベール教官が言うように、彼女たちが周囲に驚かれることも増えてきた。

リリの支援操作も、その一つ。

軍事に詳しくない俺でも『これはすごい！』と思うくらいには規格外だ。

（例えば、持てば最強の力を授かる杖があるとする。その杖を普通の杖とは呼ばぬであろう？）

（それは、そうですね）

（部下になった全員が普通ではない力を授かっている。たとえそれがたまたまでも、その上司を普通の上司とは呼ぶまいて）

ルルベール教官は呆れた顔で笑った。

その例えは分かりやすく、理解もできる。

だが、持った瞬間に効果が出る杖と上司は違う。

リリたちは時間をかけて自分で考えてトレーニングしてきた訳で——

（まあ、いいわい。今はこの先への進み方じゃな）

ルルベール教官は首を横に振って、階段のある方に視線を向けた。

（して、普通に進む方法を教えてくれるかのぉ？）

（……分かりました）

色々と言いたいことはあるが、明確に反論できるだけの言葉が見つからない。

俺は、黒い霧に視線を向けつつ、言う。

（敵はこちらに意識を向けていません。姿を見えにくくすれば、普通に正面から突入しても気付かれる可能性は低いと思いませんか？）
（うむ。まあ、その通りじゃな。言いたいことは分かる。分かりはするが……）
ルルベール教官は、首を傾げながら顔をしかめる。
その隣で、リリがポンと手を叩いた。
（ルルベール先生は、アルト様の消える魔法を知らないんだと思います）
（ん？　あー、そういえば、見せたことないかもな）
帝国に来てから何度も使っているが、ルルベール教官の前で使った記憶はない。
（言葉で説明するより、見てもらった方が早いか？）
（はい！　アルト様の魔法は言葉では理解できませんから！）
目をキラキラさせながら、リリが大きく頷く。
ある意味、いつも通りの反応かな？
そう思いながら、俺はルルベール教官に目を向けた。
（教官、杖から手を離して貰えますか？）
（了解したわい。心臓に気を遣いながら見せてもらうからのぉ）
ルルベール教官はニヤリと笑って、リリの杖から手を離す。
うん。こっちもいつも通り。
俺は教官ほど理不尽な存在じゃないと思うが、気にしたら負けだ。

（リリ。俺たちに掛かってる魔透過だけを消せるか試して貰えるか？）

（分かりました！）

鑑定結果を見る限り大丈夫だと思うが、魔法が使えないと潜入は不可能だ。

リリは杖をギュッと握り締めて大きく頷いた。

キョロキョロと周囲を見渡し、人差し指を正面に向ける。

そして気配を探るように目を閉じてから、ピンと指先を弾いた。

（敵に動きなしです。えっと、魔法の方はどうですか？）

魔力の流れは普段通り。リリの鑑定もできるようになった。

（完璧だよ。ありがとう）

嬉しそうな顔をするリリを眺めながら、俺は普段鑑定を使う時に魔力回路に流すのとは逆向きに魔力を流していく。

息を殺しながら視線を向けた先で、ルルベール教官が目を見開いていた。

だけどその目は、俺たちを見ている。

（リリ。こっちに）

（はい！）

階段とは違う方向を指差して、一歩、二歩と歩いて行く。

息を殺しながら、できるだけ物音を立てないように……

そう思いながらルルベール教官の様子を流し見る。

（アルト様、ルルベール先生の視界から逃れられたみたいです）

（そうみたいだな。実験は成功ってことで、戻るか）

（はい！）

踵を返して元の位置まで戻ってきた。

（それじゃあ、逆回転を消すから）

（あっ、ちょっとだけ待ってください！）

リリが待ったをかけた。

（アルト様にお聞きします。ルルベール先生は普通じゃないですよね？）

（ん？　まあ、そうだね）

今まで会った人の中で一番ぶっ飛んでいて、敵対したら絶対にこっちが生き残れない人物。人間であることすら怪しく思うレベルだ。ルルベール教官が異常だというリリの意見に、異論はない。

（そのルルベール先生が、目の前にいるアルト様を見失っていますよね？）

（そう、だね）

うんうんと頷いたリリが、可愛らしく首を傾げてみせる。

（普通じゃないルルベール先生を、普通の技で欺《あざむ》けると思いますか？）

（……）

いや、うん。まあ、確かに。リリの言う通りかもしれない。

ルルベール教官に生半可《なまはんか》な技が通用するとは到底思えない。それは確かだ。でも、今回は特別。

(実験ってことで、技を正面から受けてくれたからね)

現状を見る限り、ルルベール教官が俺たちの位置を見失ったのは確かだろう。

だがそれは、教官が面白いと感じて受け入れてくれたから。

教官が目を凝《こ》らしたのも最初だけだ。

仮に教官が敵だったら、逆回転が完成する前に俺の命を刈り取っているはずだ。

改めて思うけど、ルルベール教官と敵対だけはしたくないな。

(んー、分かりました！　そういうことにしておいてあげます！　でも一応でいいので、私の言葉も頭の片隅に置いておいてください。アルト様も普通じゃないですよ？)

(……了解)

優しく微笑むリリの笑顔を見ていると、言葉にできない不安が押し寄せてくる。

普通のことを言っただけなのに、リリの表情に呆れが混じっているような気が……

(私の話は以上です。魔法を解除して姿を見せましょう。ルルベール先生、かなり戸惑っているように見えますよ？)

(あー、そうだね)

リリに言われて気が付いたけど、ルルベール教官の額には汗がにじんでいる。

どうやら本気で俺たちを探しているらしい。

マルリアに逆回転を見せた時は、解除した瞬間に驚いた勢いで斬られそうになったんだよな。

ルルベール教官なら大丈夫だと思うが、少しだけ離れて戻るか。

（逆回転を解除するぞ？　いいか？）

（はい！　大丈夫です！）

ルルベール教官の視線の先で、拳も武器も届かない場所。

充分に安全を確保してから、俺は逆回転を解く。

瞬間、教官は目を丸くして――それから笑った。

リリの杖に手を伸ばして、教官は言う。

（予想以上じゃな。目を凝らさねば見えぬ上に、一度見失うと見つけるのは不可能じゃわい）

心底疲れたとばかりに溜め息をついて、教官は汗を拭う。

（おぬしが敵でなくて本当によかったわい。王国は本当にバカなことをしたようじゃな）

ルルベール教官はなんとも言い難い表情を浮かべている。

これは、褒められてるのか？　どっちかって言うとけなされてる？

まあ、それはいいんだけど『消える魔法を教官に認めて貰えた』と、そう思っていいんだよな？

（消えた状態で、正面から侵入する。その作戦で行こうと思いますが）

（うむ。それで問題はないじゃろ。万が一、敵に見つかった時は儂が囮になるわい）

おおー！　これ以上に頼もしい言葉はないな。

ルルベール教官が敵の目を引きつけてくれれば、俺とリリは普通に脱出できる。

教官の安否は心配するだけ無駄だ。だってルルベール教官だもの。

(して、一つ聞きたいんじゃが、この魔法の名はなんじゃ？)

(名前ですか？　鑑定魔法ですね)

(……む？)

ルルベール教官は顎に手を当てて、霧に覆われた空を見上げる。

それから「はぁ……」と軽く溜め息をついたあとで、リリの方に目を向けた。

リリは申し訳なさそうに頭を下げる。

(アルト様に悪気はないんです。ちょっと特殊なだけで)

(じゃろうな。それは理解しておる)

は？　いや、え？　何が？

(リリ訓練生は、今の言葉を理解できておるのか？)

(憶測と推測を用いて、どうにか理解しております)

(ふむ。であれば、アルト准尉の言葉を翻訳《ほんやく》して貰えるか？)

(分かりました！　でも本当に合っているのか分からないので、今から答え合わせしますね)

リリはそう言って笑った。

それから軽く息を整えて、俺の目をまっすぐに見上げる。

いやいや、翻訳ってなんだよ⁉　とは思うが、二人の間で話がまとまったのなら文句を言っても仕方がない。

(アルト様は消える時、どんなことを考えていますか？)

消える時に考えること。そうだな……

(できるだけ自然体でいることかな。『俺は木々の一部、霧の一部だ』とか、そんなことを思っている)

街中であれば人混みや壁。それすらない状況なら『空気になれ！　俺は空気だ！』みたいに。

素直に答えたが、ダメだったようだ。リリは一瞬だけキョトンとしてから、唇を尖らせた。

(技術面で気を付けてることはないですか？)

(鑑定魔法の回路を明確に思い浮かべること、かな？　思い浮かべた回路に対して、逆方向から魔力を流すイメージなんだよな)

(ちなみに、何故鑑定の魔力を逆回転させると姿を隠せるんですか？)

(鑑定は物の本質を『暴く』魔法だろ？　だったらその逆は『隠す』だよなって思ってやってみたらできたんだ)

すると、ルルベール教官の声が脳内に響く。

(うむ。おおよそのところは分かったわい。技術面に目を瞑れば、納得もできる)

そうして、「はぁー……」と大きな溜め息をつくと、言葉を続ける。

（して、確認にはなるが、そのトンデモ理論は、アルト准尉が自ら考案したんじゃな？　誰かに教えて貰ったものではないじゃろう？）

（『暴く』の反対は『隠す』ってやつですよね？）

（うむ。魔法学の理論を根底から覆すような、そういう話じゃな）

そしてルルベール教官は苦笑いを浮かべて、言う。

（まぁトンデモ理論でも、実現できていれば問題ないか）

いや、あの、ルルベール教官？　好き放題言いすぎじゃないですか？

確かに自分でも『発想が安易だったかなー』とは思うけど、できてしまったものは仕方ないだろう。

そんなふうに内心不貞腐《ふてくさ》れていると、ルルベール教官は何故か表情を引き締めた。

（一つ聞きたいんじゃが。この術を他者に教えることは不可能。そう思ってよいな？）

「教える？　この消え方をですか？」

教えるも何も、今言った通り、鑑定魔法を逆回転させているだけだし、鑑定さえ使えれば誰でも──

（一応ではあるが、儂も闇に潜む技は持っておる。じゃが、この技は異常じゃ）

ルルベール教官にそう評価されるのは誠に遺憾《いかん》ではあるが、マルリアに逆回転を見せた時も大騒ぎされたからな。
(おぬしの技を多くの者が体得すれば、軍略が大きく変わるんじゃがな)
ルルベール教官はもう一度大きな溜め息をついて、首を横に振る。
(まあ良いわい。どちらにせよ、おぬしには軍を大きく変えて貰う予定じゃからな)
(……えーっと?)
かなり不穏な言葉が聞こえた気がしたんだが? 軍を大きく変える? 俺が?
(俺は何をさせられるんですか?)
っていうか、俺に軍を変える力なんてありませんが?
(話が少々込み入っているゆえ、改めて場を設けるわい)
そう言って、ルルベール教官はリリを流し見る。
リリがいる場では言えないような話ってことらしい。
(話が大きく逸れてしまったな。リリ訓練生、敵に動きはないんじゃな?)
(はい!)
(うむ。では、乗り込むとするかのぉ)
ルルベール教官はニヤリと笑い、地下に続く階段がある方向に視線を向ける。
(おぬしへの頼みは、じゃじゃ馬も交えて話すゆえ、そのつもりでの)
杖から手を放して、教官はそう囁いた。

思わず背筋が凍る。
じゃじゃ馬——帝国の女王であるシュプル様を、教官はそう呼んでいる。
（大きく変えるのは、軍ではなく、国かもしれぬがな）
ルルベール教官はさらに不吉な言葉を重ねて、口元で笑ってみせた。
（お二人とも、どうかしたのですか？）
リリがそう聞いてきたので、俺は慌てて誤魔化す。
（いや、サーラの見張りを頼んだみんなが、ちょっとだけ心配になってさ）
さて、何はともあれ話は纏まったわけだし、そろそろ動き出さねば。
（リリはこれまでと同じように、霧の中を先導してくれるか？）
（分かりました！　階段までの最短ルートを進めばいいんですよね？）
（そうだね。一応敵の動きも探りながら動いてくれると助かる）
（分かりました！　えっとえっと……こっちです！）
そう言って、リリは歩き始める。
目の前を進むその小さな背中が、今日はなんだか頼もしく見えるな。
俺は脳内で呟く。
（本当に……大きくなったよな）
（えっと、なんのお話ですか？）

（いや。リリが仲間で良かったな、って思ってさ）

出会った時はマラソンで周回遅れになって泣きながら走っていたあのリリが、最前線で教官を先導している。環境さえ整えば強くなれると思っていたが、正直、予想以上だ。

今のリリなら、あの時のクラスメイトを周回遅れにできるだろう。

本当に、強くて頼りがいのある子に育ってくれた。

（アルト様と比べたら、私なんてまだまだなので！　もっともっと頑張ります！）

自分に自信がない点だけが心配だな。

本当にマラソンでもしてもらうか？　成長を実感できれば、確かな自信が芽生えそうな気もするし、任務が終わったあとにでもルルベール教官に頼んでみるか？

そんなことをぼんやり考えつつ進んでいると、リリが足を止めた。

周囲には、黒い霧しか見えない。しかし、リリの体は強張《こわば》っている。

（この先に見張りがいます。大丈夫だとは思いますが、背後を回る形で進みますね？）

（分かったよ。慎重にね。ちなみに、扉へ進む途中で敵の姿は視認できそうか？）

リリが口元に手を当てて空を見上げる。

おそらく、敵の位置とこれから進むルートを照らし合わせているのだろう。

やがて彼女は口を開く。

（階段の前にいる人の近くを通ります。その際、視認できるかと）

（そっか。見張りの姿を見ることで得られる情報があるかもしれないから見ておきたかったんだ。良かったよ。じゃあ引き続き先導は任せた）

（分かりました！）

そうしてゆっくり進んでいくと……やがて人影が見えた。

リリが言うには、その人影の奥に地下に続く階段があるらしい。

慎重に歩を進める。

やがて見えてきた男の姿に――俺の心臓が、大きく跳ねた。

（あの街の兵士……）

着ている服に見覚えがある。俺が閉じ込められていた場所で、毎日のように見た服だ。

全身から流れ出る冷や汗を感じながら、俺は静かに目を閉じる。

落ち着け、大丈夫だ。そう自分に言い聞かせていると、リリが心配そうにこちらを振り返る。

（アルト様？）

（……いや、大丈夫だよ）

上手く笑えただろうか。

いや、きっと酷い顔をしていたと思う。

それでも俺は言った。

（先に進もうか。俺の見間違いかもしれない）

半《なか》ば神頼みに近い言葉だが、そうであって欲しい。
(俺は大丈夫だから)
(……分かりました)
言いかけた言葉を呑み込んで、リリは頷く。
そしてもう少し進んで――
(……ごめんね。ちょっとだけ待ってくれるかな？)
俺は思わず足を止めてしまった。
やはり、見間違いではなかった。
目深《まぶか》に被った帽子に厚出の上着、折り目の付いたズボン。膝下まである長い革靴。
そして傍らには、量産品の剣。
(やっぱ、そうだよな)
見間違えるはずもない。
両親がいなくなってから帝国に拾われるまで、毎日見続けていたからな。
奴は、王国から俺を出さないために見張っていた男だ。
こんな場所で会うとは思わなかった。だが、どうしてこんな場所に？　本物なのか？
混乱した頭で考えていると、手の甲に温かい何かが触れる。
リリが、そっと手を重ねてくれたのだ。

（お知り合い、ですか？）

（ああ……会いたくない相手だ。ぼんやりとしか見えなくとも、服装で分かる）

（服装……？）

リリはこてりと首を傾げてから、男の姿を眺める。

（王国だと、仕事や身分によって服装が違うんだよ。『平民は絹の使用を禁ずる』とか、『兵士より上の家だけは青い糸の使用を許可する』とかね）

（えーっと……？　なんのためにですか？）

（嫌がらせ）

（ふえ⁉）

意味が分からないというように、リリが目を見開く。

俺はそんなリリに向けて肩をすくめてみせた。

（半分冗談だよ。でも、ルールを決めた人間にとっては都合のいいものだったことは確かだ）

権力を見せつけるためとか。手柄に見合った報酬を与えるためとか。

だけどそれは平民にとって、不自由を強《し》いるものでしかなかった。

（『平民は平民の自覚を持つために、平民らしい服で生活しろ！』みたいなことなんだろう）

一目見ただけて差別できるものが欲しかったんだと思う。

（平民は何々をするな、みたいなルールが何百個もあったんだ。あの国では）

この国で産まれ育ったリリには、想像すらできない世界だろう。

それにこんなこと、今するような話ではない。

でも、こういう鬱積《うっせき》した感情を吐き出さないと正気を保てなくなりそうなんだ。

(同じ門番でも、雇い主の貴族の階級によって服装が違う。そして今、目の前にいる男が着ている服は、俺を監視していた兵士と同じものなんだ。だから、会いたくなかった)

そこまで吐き出して、俺はふと気付く。

確か奴らはアンメリザに直接雇われていたはず。アンメリザは鬼になったのに、何故未だに当時と同じ服を着て、ここにいる？

雇い主がいなくなった私兵が、遠く離れた敵国の森の奥で見張りをしているなんて――

(どう考えても不可解じゃな)

敵国の情報にも精通しているだろうルルベール教官も、同じ結論に至ったようだ。

俺は頷く。

(ええ)

現状を整理していくうちに、俺の心はだいぶ平静を取り戻した。

コイツがここにいる理由は気になるが、捕虜にしようとして逆に俺たちの存在がバレる方が不都合だ。

俺は言う。

（先に進みましょう）

（良いのか？）

ルルベール教官の言葉に、俺は頷く。

（ええ）

身柄を拘束したとしても、与えられている情報は少ないだろう。

それより、このまま進んだ方が情報が得られそうだ。

（リリ。先に進んでもらえるか？）

（分かりました！）

少しして、扉の前まで来た。

さて、ここが最難関だ――が、アイデアはある。

俺は魔力を逆回転させ、扉に放った。

そして扉に手をかける。

よし、成功だ。魔力の逆回転を応用すれば、任意のものの存在――そこから生じる音まで隠せる。

ぶっつけではあったが、試してみて正解だったな。

リリとルルベール教官が口をあんぐり開けているのが見えるが……無視無視！

さて、そうして辿り着いた場所は、俺たち三人が横並びですれ違えるほどの幅のある廊下だ。

黒い霧は扉の中にまでは入ってきていないようだな。

床は滑《なめ》らかに整えられていて、天井には光の魔道具が等間隔に設置されている。

（ずいぶんと立派な設備じゃやな）

ルルベール教官の言葉通り、ここは一朝一夕《いっちょういっせき》で作られたものではないだろう。

少なくとも仮拠点って感じではない。

（我が軍が管理する、森の奥地なんじゃがな）

教官のそんな複雑そうな声が、脳内に響いた。

深く考えなくても分かる異常事態に、俺たちは顔を見合わせて口を固く結んだ。

そして廊下を進んでいたが――俺は慌ててリリの手を引いた。

（撤退だ！）

そのまま踵を返し、階段中央の壁際に体を寄せる。

（今は大丈夫ですが、逆回転の効果が消されました）

俺の言葉に対して、二人が息を呑んだのが分かる。

先程杖を介して撤退の指示が出せたことから考えると、リリの魔法は使えるみたいだが、姿を消せないとなると潜入捜査の難度はぐんと上がる。

撤退するか、危険を承知で進むか。少し悩んでから、俺は言った。

（すみません、もう一度だけ）

そして再度、逆回転が使えなくなった場所へ。

一歩踏み出して――慌てて足を引っ込めた。

(やはりダメですね)

(リリ、周囲に支援魔法の気配は?)

(……ないみたいです)

黒い霧とは違う何かに妨害されている。そういうことなのだろう。

対象が支援魔法でなければ、リリの支援操作も通じない。

(教官は、何か感じませんでしたか?)

(普段と変わらぬな)

リリもルルベール教官も何も異変を感じていないみたいだが、俺は黒い霧よりも強力な何かがこの建物を包んでいるような感覚を得ていた。

外から鑑定した時には何も感じなかったが、ここには確かに何かがある。

ルルベール教官の剣を借りて、無理にでも鑑定してみるか?

そんな考えが頭を過るが、鑑定が妨害されている状態でそれをするのはリスキーな気がする。

しかし絶望的な状況かといえば、そうでもない。

話しながらも色々と試していたお陰で、分かったことがある。

(人がいる場所と部屋の配置は、把握できそうです)

そう、万全ではないものの、鑑定が使えるのだ。

通常、鑑定魔法は魔力を送り込むことで、対象の情報を探る。

しかし今は鑑定魔法で人や物に触れた瞬間に、強い衝撃で弾かれてしまう。

だがその衝撃を頼りに、どこに何があるのかが予想できるのだ。

（敵を避けて進むことは可能ですが……どうしますか？）

そう問いかけて、リリやルルベール教官の顔を見る。

教官は悩ましげに天井を見上げてから、重苦しく頷いた。

（もう少し進もうかのう。ここが何を目的に作られた施設なのかだけでも、知りたいわな）

（分かりました）

逆回転ができないのは痛いが、敵の位置を把握すれば隠密行動は可能だろう。

それに、リリと教官がいれば、多少のピンチも乗り切れるはず！

そう思いつつ、俺は二人に伝える。

（リリ、この先で支援魔法が使えるか確かめてくれ。その後、教官も魔法が使えるか、試してもらえますか？）

（分かりました！）

（うむ）

俺たちは慎重に進む。

そして逆回転が無効化されるエリアに足を踏み入れると、リリは杖を握り締めた。

（〈スピードアップ〉を起動します！）

リリの温かい魔力が流れ込んでくる。

次いで、ルルベール教官が魔法で指先に小さな火を灯した。

（二人とも、問題なく魔法が使えるようですね）

（はい。いつもと一緒だと思います）

（普段通りじゃな）

支援魔法が体に流れ込んでくる感覚も通常通りだったし、やはり影響があるのは鑑定魔法に関連した能力だけか。

それにしても黒い霧やマントのように、全ての魔法を対象にしたものなら分かるが、鑑定魔法だけを妨害するなんて、どういった仕組みになっているんだろうか。

……まぁ考えて答えが出るわけでもないんだが。

俺は改めて霧状にした魔力を周囲に飛ばす。

入り組んでいるお陰で、身を隠しやすそうだ。それに、罠の類もなさそうだった。

『今の実験が終わり次第、第三研究室に移るわ』

女がそう言っていたのを思い出す。

（普通の研究施設に見えますね）

（敵の侵入を想定していない。そういうことじゃな？）

（ええ、そんな気がします）

森の奥地にあり、黒い霧で覆われていたことからも、発見されることは考えていないって感じか。

それ故、この中で戦うことも想定していないだろう。

（教官、鍵開けはできますか？）

（むろんじゃ。おぬしより時間はかかるがな）

ルルベール教官はそう言って、男らしい笑みを見せる。

もっとも鑑定を万全な状態で使えない今、俺は簡単な仕組みの鍵すら開けられないけどな。

教官がいてくれて、本当に助かった。

（まずは、そこの扉を開けてください）

（うむ）

入口近くにあった扉の鍵穴に、ルルベール教官がピッキング用の針金を差し込む。

やがてガチャリと音がした。

俺たちは顔を見合わせてから、部屋の中に急いで入った。

（……）

ルルベール教官が手早く部屋の中を照らす。

事前に探っていた通り、中は無人だ。

俺は静かにドアを閉めて内側から鍵をかけ直す。

部屋の中にあるのは、ベッド、タンス、テレビ、冷蔵庫……

「仮眠室……いや、住居スペースか？」

リリが冷蔵庫の中を覗き込んで、生の肉や野菜、缶詰めなんかを取り出してから言う。

「一ヶ月くらいなら、外に出なくても大丈夫そうです」

コンロやフライパンが使い古されていることからも、生活感が漂っている。

タンスを開けてみると、表にいた兵士が着ていたものと同じ仕事着と私服らしき衣類が大量に入っていた。

「最近でも使われ続けている……そう思ってよさそうですね」

生鮮食品があり、それが腐っていないということはそうなのだろう。

それなりの頻度で物資が届いているのか、部屋の主が自分で買いに出ているのか、そこまでは分からないが――

「何者かが、儂らの街に出入りしておるのは確実じゃな」

ルルベール教官の言葉に、俺は頷く。

「そのようですね」

タンスの中にあった私服は、全て帝国式のもの。

それを着て街に入れば、敵国の人間だと疑う者はまずいないだろう。

「物資の搬入経路はひとまず保留にして、先に進みます。この部屋、聞き取り調査のためにも使えそうなので、選択肢が広がりましたね」

この部屋の壁は、結構分厚い。

唯一の出入口である扉を施錠すれば、大声を出されても外に漏れることはないだろう。

「リリ、体調は？」

「大丈夫です！　まだまだ頑張れます！」

両手でぎゅっと杖を握ったリリの表情は、普段と変わらず気力に満ちている。

大丈夫だという言葉も、強がりではないだろう。

ルルベール教官の方は、俺なんかが心配するのもおこがましいな。

「それでは行きますね」

一息入れたくなる気持ちに蓋をして、部屋をあとにする。

できるだけ音を立てないように廊下を進んで——ある扉の前で、足を止めた。

リリの杖に触れ、俺は二人に伝える。

(扉の先に敵が四人います。周囲に物が多数ありますが、視界は良好)

そしてその部屋を抜けた先に、件《くだん》の祭壇がある。

(四人の戦力は？)

(ハッキリとは分かりませんが、戦闘員ではない可能性が高そうですね。それに服に隠せるサイズの武器しか持っていないようです。騒がれる前に制圧し、できれば捕虜にしたいところです。行けますか？）

最低条件は、周囲に知られることなく部屋を制圧すること。

万が一バレたら、もう一度潜入するのは相当難しくなるだろう。

そう考えると、自ずと緊張が高まる。

（いざとなれば、逃げればいい。そう気負うでない）

ルルベール教官はそう言って扉の前に立ち、巨大な剣に手をかける。

ぎゅっと杖を握り直すリリを横目に、俺も愛用の短剣に触れた。

扉のノブに、手をかける。指で合図を出し、俺は静かに扉を開けた。

真っ先にルルベール教官が部屋に入り、杖を握り締めたリリが続く。

俺もリリの背中を追いかけて、部屋の中に飛び込んだ。

——まずは、敵を捕縛しなければ！

そう思ったのだが、俺の目の前には既に四人の男が転がっていた。

「……死んでる？」

いや、かろうじて動いているな。

「アルト准尉の予測通り、戦闘員ではなかったようじゃな」

ルルベール教官がそう口にしつつ、肩を回しながらこっちへ歩いてくる。

「もしかしてこの四人……教官が倒しました？」

「うむ。抵抗する素振りすらなかったから、非戦闘員で間違いないじゃろ」

仮に敵が戦闘員だったとしても、教官の攻撃に抵抗できたとは思えませんが？

一緒に突撃した俺たちですら気付けなかった攻撃に、どう反応しろっていうんですか？

結果としては最高だが、本当に教官の実力は恐ろしい。

突撃前に緊張したり、気合いを入れ直したりしていたのが、なんだかバカみたいだ。

「教官、そのままこの四人を縛り上げて貰えますか？」

「うむ、任されよう」

ルルベール教官は力強く頷いて、素早く男たちに縄《なわ》をかけ始める。

それを横目に見ながら、俺は改めてこの怪しげな部屋に意識を向けた。

周囲には作りかけの魔道具の山。それに描きかけの魔法陣に、希少性の高い鉱石もある。

部屋の壁は全て戸棚になっていて、中から怪しげな草や動物のツノが飛び出している。

そして、部屋の片隅に巨大な壺《つぼ》があるのが見えた。

その中では、紫色の液体が泡を立てている。

ほんのり薄暗く、不気味だし……悪魔を崇拝《すうはい》する錬金術師の工房って感じだな。

「問題は、ここで何を作っているかだけど……」

正直、予想すら立たない。

「リリ、何か気付いたこととかあるか？」

俺の言葉に、リリは眉を寄せつつ首を横に振る。

「いいえ、何も……」

「だよな」

俺やリリは魔道具に関して造詣《ぞうけい》が深いわけではない。

頼みの綱《つな》はルルベール教官だが――

「帝国《こちら》では見たことのないものばかり……分かるのは、その程度じゃな」

「そうですか」

同じ用途の魔道具でも、王国と帝国とでは見た目が大きく違う。

鑑定魔法を使えれば一瞬で分かるが、ないものねだりでしかない。

そんなふうに考えていると、敵を縛り終えたルルベール教官が、戸棚から手のひらサイズの水晶玉を取り出しつつ、言う。

「ふぅむ。これは相当高価なものじゃな」

「そうなんですか？」

「うむ。これ一つで、小さな家が買えるわい」

水晶玉には小さな歪《ゆが》みこそあるものの、透《す》き通っていて、素人目《しろうとめ》に見ても高級なものであることは分かる。

しかも周囲にはそれと同じものが、パッと見ただけでも五十個以上転がっているではないか。

当然の話だが、魔道具において、安いものより高いものの方が効力は高い。

そう考えると、暗澹《あんたん》たる気持ちになるな。

「これだけの技術力を活かして、何を作ろうとしているんでしょうか？」

「描きかけの魔法陣だけでも、十種類くらいあるしのぉ。これが何に使われるのかは、皆目見当も付かんわい」

改めて部屋をぐるっと見て、見覚えのあるものが目に留まった。

「盗聴用の魔道具か……」

サーラが持っていたのと同じ魔道具が、大量に保管されていたのである。

「潜入者は、サーラだけではない……？」

そう考えると、帝国の情報はかなり漏れていてもおかしくない。

このことは、ここを出たら軍の上層部に周知するようにしよう。それよりも今は――

「先に奥を調べますか」

施設の最奥にある、贄数70の祭壇。それを見ずに帰るという選択肢は、ない。

そう思っていると、リリが不思議そうに首を傾げながら、戸棚の一つを指差した。

「アルト様。あの辺りから、何か変な気配がしませんか？」

慌てて愛用の短剣を握り締め、リリが指差した先に目を向ける。

しかし、どう見ても普通の戸棚にしか見えない。

「変な気配……？」

「なんかこう……むぅ～、って感じです」

ルルベール教官に視線を向けたが、俺と同じように首を横に振る。

注意深く近付いて戸棚を開けたが、入っていたのは枯れた草や骨だけ。

「ロクなものが入っていないぞ？」

そんな俺の言葉が聞こえていないかのように、リリは戸棚に手を伸ばす。

そして引き出しを両手で引き抜くと――その後ろに、金属製の扉の一部が見えた。

「隠し扉か。危険は？」

「ないと思います」

チラリと背後を見ると、ルルベール教官も静かに頷いている。

周囲の引き出しを全て引き抜くと、金属製の扉は金庫の扉だったことが分かった。

リリはその表面に触れると、呟く。

「状態維持？　保護？　それに近しい支援魔法が掛けられている……？」

きっとこの奥には、重要なものが保管されているに違いない。

せめてその中身が分かれば――そう思って鑑定魔法を向けたが、呆気なく弾かれた。

「教官。これ、開けられたりしませんか？」

ルルベール教官は重苦しい表情で金庫を見つめ、苦し気な表情で口を開く。

「十五分は必要じゃな」

さすがは教官！　期待してます！

歓喜する俺を尻目に、ルルベール教官が金庫に手をかけた。

それから、およそ五分後。

「開いたようじゃな」

教官はそう言って、頼もしい笑みを浮かべた。

十五分で開けるって聞いた時にはめちゃくちゃ速いと思ったが、それよりもさらに速いではないか。

「サビもなく、電子ロックでもなかったから、案外楽勝だったのう」

「……あー、そうですか」

もう感心するのにも慣れた。

ルルベール教官は、俺たちに向かって聞く。

「二人とも、金庫の内部に怪しい気配を感じてはおらぬな？」

「ええ」

「大丈夫です！」

念のためにもう一度意識を向けたが、鑑定が弾かれること以外に異変はない。

「気を抜くでないぞ？」

そう忠告する教官に頷き返して、リリと共に数歩だけ下がる。

分厚い金属製の扉が開き、教官が中を覗き込む。そして――表情を曇らせた。

「完成品を保管する金庫か」

中から出てきたのは、魔力封じの布によって作られた十五もの袋。

袋を全開にして魔力が溢れ出して潜入に気付かれたらことなので、袋を少しだけ開けてそれぞれの中身を覗くことにした。

すると、袋ごとに違う魔道具が入っている。

いくつか袋を開けたところで、リリの体がビクンと跳ねた。

彼女は俺の顔を見上げながら、驚いたように言う。

「アルト様！　これって！」

「マルリアを拉致した敵が使っていた魔道具と同じものか」

マルリアを閉じ込めたビー玉のような魔道具。

あれとよく似たものが、小さな袋の中に入っている。

まさかこれが自分たちが暮らす街の近くで作られていたなんて、思いもしなかった。

確かこの魔道具の名は〈禁固《きんこ》の檻《おり》〉で、一個百万エンだったはず。

袋の中に入っているのは、四十個くらいか。

「これだけで四千万……」

マルリアが閉じ込められた時には、ずいぶん苦労させられた。

あの時はマイロくんの体質に助けられたが、彼が近くにいない現状で誰かが閉じ込められれば、全滅もあり得る。

「全ての袋を持ち帰った方がよさそうじゃな」

「ええ。敵に使われると面倒です」

他の魔道具の用途は不明だが、禁固の檻と同じくらい厄介なもののはずだからな。

「手分けして持ち出しますか」

「そうじゃな」

荷物が増えるので邪魔くさいが、敵に使われるよりはマシだ。

「リリは禁固の檻が入っているのを頼めるかな？」

「それだけでいいんですか？」

「ああ。残りは教官と俺が手分けして持つよ」

どういうものか分からないものを部下に持たせるのは、危ないからな。

こうして大半の魔道具を俺とルルベール教官が手分けして持ってから、奥に続く扉に目を見た。

「行きますか」

それなりに時間が経ったので、気絶させた敵が起きる可能性を考慮してそちらに視線を向ける。

だが、起きる気配すらない。

それでも念のため、声が出せないように口にも布を噛ませる。

禁固の檻を使うのには抵抗があるし、彼らは帰りに回収しよう。

「この先に敵の気配はないんじゃな？」

「ええ。無人ですね」

「では、儂が先頭を行くとするかのぉ」

ルルベール教官は器用に鍵を開け、扉のノブに手をかける。

そしてゆっくり扉を開き、薄暗い部屋の中に入っていった。

そんな教官の背中に続いて、俺とリリも部屋の中に入る。

俺は思わず呟いた。

「……これはまた、異様な光景だな」

頂点に巨大な魔石が設置された八角形の柱が何本か立っていて、その根本にはそれぞれ魔法陣が展開されている。そして、柱の中心に祭壇が設置されているのだ。

祭壇は豪華な造りで、細かな彫刻《ちょうこく》や彫金がいたるところに施されていた。

そしてその横では、毒々《どくどく》しい見た目の蛇を描いた旗が揺れている。

だが、そんな見た目以上に——漂う気配が異様。

「ずいぶん気持ち悪い魔力だ……」

蛇や鬼の化物と同じ気配を感じる。

異世界ゆるり紀行
～子育てしながら冒険者します～

水無月静琉　既刊15巻

TVアニメ制作決定!!

神様のミスによって命を落とし、転生した茅野巧。様々なスキルを授かり異世界に送られると、そこは魔物が蠢く危険な森の中だった。タクミはその森で双子と思しき幼い男女の子供を発見し、アレン、エレナと名づけて保護する。格闘術で魔物を楽々倒す二人に驚きながらも、街に辿り着いたタクミは生計を立てるために冒険者ギルドに登録。アレンとエレナの成長を見守りながらの、のんびり冒険者生活がスタートする!

定価：各1320円⑩

転生系

不死王はスローライフを希望します

小狐丸　既刊5巻

平凡な男は気がつくと異世界で最底辺の魔物・ゴーストになっていた!? 成長し、最強種・バンパイアになった男が目指すは自給自足のスローライフ！

素材採取家の異世界旅行記

木乃子増緒　既刊14巻

転生先でチート能力を付与されたタケルは、その力を使い、優秀な「素材採取家」として身を立てていた。しかしある出来事をきっかけに、彼の運命は思わぬ方向へと動き出す――

定価：各1320円⑩

ゲート0 -zero-

自衛隊　銀座にて、斯く戦えり

柳内たくみ　既刊2巻

大ヒット異世界×
自衛隊ファンタジー新章開幕！

20XX年、8月某日――東京銀座に突如『門（ゲート）』が現れた。中からなだれ込んできたのは、醜悪な怪異の群れ、そして剣や弓を携えた謎の軍勢。彼らは奇声と雄叫びを上げながら人々を殺戮しはじめ、銀座はたちまち血の海と化してしまう。 この事態に、政府も警察もマスコミも、誰もがなすすべもなく混乱するばかりだった。ただ、一人を除いて――これは、たまたま現場に居合わせたオタク自衛官が、たまたま人々を救い出し、たまたま英雄になっちゃうまでを描いた、7日間の壮絶な物語。

定価：各1870円⑩

月が導く異世界道中

あずみ圭　既刊19巻＋外伝1巻

TVアニメ2期
2024年1月放送開始!!

薄幸系男子の 異世界成り上がりファンタジー！ 平凡な高校生だった深澄真は、両親の都合により問答無用で異世界へと召喚され た。しかもその世界の女神に「顔が不細工」と罵られ、最果ての荒野に飛ばされてしまう。人の温もりを求め荒野を彷徨う真だが、出会うのはなぜか人外ばかり。ようやく仲間にした美女達も、元竜と元蜘蛛という変態＆おバカスペック……とことん不運、されどチートな真の異世界珍道中が始まった――!!

定価：各1320円⑩

Re:Monster

金斬児狐

第1章：既刊9巻＋外伝2巻
第2章：既刊3巻

TVアニメ制作決定!!

ストーカーに刺され、目覚めると最弱ゴブリンに転生していたゴブ朗。喰えば喰うほど強くなる【吸喰能力】で異常な進化を遂げ、あっという間にゴブリン・コミュニティのトップに君臨――さまざまな強者が跋扈する弱肉強食の異世界で、有能な部下や仲間達とともに壮絶な下克上サバイバルが始まる！

定価：各1320円⑩

強くてニューサーガ

阿部正行　既刊10巻

TVアニメ制作決定!!

激戦の末、魔法剣士カイルはついに魔王討伐を果たした…と思いきや、目覚めたところはなんと既に滅んだはずの故郷。そこでカイルは、永遠に失ったはずの家族、友人、そして愛する人達と再会する――人類滅亡の悲劇を繰り返さないために、前世の記憶、実力を備えたカイルが、仲間達と共に世界を救う2周目の冒険を始める！

定価：各1320円⑩

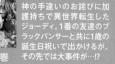

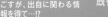

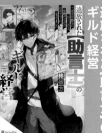

この祭壇は下手に触らない方がいい。

そう思っていると――

「あら？　最高に気持ちの良い魔力、の間違いではないかしら？」

不意に、不快な声がした。

3　祭壇の部屋

慌てて短剣を引き抜き、祭壇を挟んだ向こう側に向かって構える。

「ようこそ、アルト鑑定士。貴族である私を待たせるなんて、帝国に来てずいぶんと堕落《だらく》したようね」

この部屋には誰もいなかったはず……なのに、豪華な服を着た女と三十人ほどの兵士がいる。

――殿《しんがり》を教官に任せて、一度引くしかない。

俺は敵に目を向けたまま、扉のノブに手を伸ばす。

「ダメです！　すごく嫌な感じがします！」

リリはそう口にすると、持っていた杖を手放して両手で俺の手首を握り締めた。

俺は初めて扉に視線を向けて、気付いた。

扉が祭壇と同じ魔力に覆われているのだ。

「悪い。助かったよ」

これはどう考えても触れない方がいい。リリが気付いてくれて本当に良かった。

冷や汗が背中を伝うのを感じている俺とは対照的に、女が愉快そうに笑う。

「あらあら、獣人の子供に助けられるなんて、やっぱり平民はダメね。ご自慢の鑑定魔法を封じられて、焦っているのかしら？」

「……」

「あなたの鑑定魔法を封じるためだけに、平民を五十個も使ったのよ？　光栄に思いなさい」

クックツ笑う女の雰囲気は本当に楽しげで、王国の貴族らしさを感じる。

それよりも、やはりこの空間は俺への対策だったのか。

ということは、俺がここまで潜入するのは織り込み済みだったのか？

逆に言えば、それさえ封じていれば大丈夫だという驕《おご》りにも見えるが……

そして女を護衛するように立っている兵士は、なんだかおかしい。

服は外にいた兵士と同じものを着ているが、肌は青黒く、目に生気がない。

「リリ。アイツらも——」

「はい。嫌な気配を感じます」

扉や祭壇と同質の、気味の悪い魔力を纏っている。

しかも、それだけではない。

兵士からはルルベール教官やベラルド少佐《しょうさ》に似た、強者の気配を感じるのだ。

「……少々、まずいやもしれぬ」

教官が、そう零した。

横を見ると、教官の額に薄《うっす》ら汗が滲《にじ》んでいるのが見て取れる。

それだけこの目の前の敵が危険だということなのか。

後ろの扉に触れるのは危険で、敵は強大。しかも鑑定についてはかなり知られている可能性が高い。正直、大ピンチだ。

「自分たちの状況を理解できたようね。平民なのに意外と優秀だというのは、確かなようね」

女は禍々しい蛇の絵が描かれた扇子《せんす》を開き、楽しげな顔で扇《あお》いだ。

それから扇子を顔の前でパチンと閉じて、ニヤリと笑ってみせる。

「でも、所詮は平民。私の計略には抗えなかったのね」

「……計略、ですか？」

王国の貴族の言葉に耳を傾けたくはないが、情報と時間が欲しい。

貴族を気持ち良く喋らせるための術《すべ》は、心得ている。

さあ、演じるんだ。

「申し訳ありません。計略とはいったいなんでしょう？　愚鈍《ぐどん》な市民の私《わたくし》めに、教えてくださいませ」

「あら、教えて欲しいの？　無能を切り捨てることすらできない軍人を手玉に取った、私の話を」

「ええ。ぜひ、聞かせてください」

俺たちを心底馬鹿にした様子で、女が扇子を下に向ける。

すると女の隣にいた兵士の一人が四《よ》つん這《ば》いになった。

その背に、女が腰を下ろす。

「あなたたちは馬鹿な平民だから、サーラとかいう小娘が脅されていると知って、助けたくなったのでしょう？」

リリがぎゅっと杖を握り締めるのが見える。

だが、それでも今は感情を表に出してはいけないと分かっているのだろう。どうにか我慢している。

女はそんな様子には目もくれず、楽しそうに脚を組み替えた。

「大事になる前に少数で動いて事態の早期収束を図った。平民の小娘を助けるために。違うかしら？」

「……」

「仲間思い、のつもりかしら？　平民の思考回路は本当に気持ち悪いわ」

女はそう言うと、クスクス笑う。

だが、女の発言はやや的《まと》を外している。

サーラを助ける気は微塵《みじん》もなかった、とは言い切れない。

女が言うように、サーラが脅されて動いていると知って同情したのは確かだ。

更生の芽があるなら、こちらに戻ってきて欲しい。幼少の頃から一緒に訓練をしていたリリはもちろん、担任であるルルベール教官も少なからず同じ思いだろう。

だが、俺たちはこれまでの経緯を共有した上で、軍単位で動いている。

どうやらそこまでは考えが至っていないようだ。

さらに情報を引き出すべく、俺は口を開く。

「俺たちが少人数でここまで来ると予想していた。そういうことですか？」

「ええ。霧で煙《けむ》に巻ければ最善。そう思っていたのは確かだけれど、貴族は計略を幾重《いくえ》にも仕掛けるのよ」

サーラに俺たちを探らせ、少数でやってきたところを黒い霧の中で襲う。

祭壇は黒い霧を突破された時の罠。そういうことだろう。

女は心底自分に酔っている様子。嘘をついているようには見えない。

「アルト鑑定士は、昔から好奇心旺盛《おうせい》だったものね。今日はこの玩具《おもちゃ》を見に来たのでしょ？」

女はニヤニヤ笑いながら、扇子の先で祭壇を指差した。

『昔から好奇心旺盛』という言葉に引っ掛かりを覚える。

俺はこんな奴、知らないぞ。

だが、その疑問は今解消しなくてもいい。

「そうですね。この祭壇が気になったのは確かです。ですが、どうして最深部まで来ると予測できたんですか？」

入口を見つけた時点で情報を持ち帰って援軍を呼んだ上で数で制圧する、という策を講じる可能性だってあった。

実際に俺たちも、奥に進むか否かでかなり悩んだしな。

「あら？　『兵士の位置が分かるから大丈夫』と思って、意気揚々と突っ込んできたのでしょう？」

「!!」

俺は図星を指されたことに動揺する。そしてそれが、表情に表れた。

そんな俺の反応に、女はニヤリと笑う。

「あなたが知り得た数の何倍もの兵士が、この施設にはいるわ」

慌てて周囲に魔力を向けたが、反応があるのは、気絶させて置いてきた敵以外には片手で数えられる程度。

目の前にいる女や兵士からは、魔力が弾かれる感触すら得られない。

「これが、貴族様の計略……」

『弾く』と『すり抜ける』を使い分けて、本命の兵士を隠す。

数を少なく見せて俺たちを最深部に誘い込む作戦は、正直見事という他ない。

「自分が有利だと思ったら進みたくなるのでしょう？　平民という生き物は」

楽しげに微笑んでから、女は蔑《さげす》むような視線を向けてくる。

「何故俺が、人の位置を鑑定できると思ったのですか？」

俺の鑑定を知らないことには、この作戦は立てられない。

どうすれば鑑定が弾かれて、どうすればすり抜けてしまうのか——なんて、俺ですら知らない情報だ。相手は俺以上に俺の鑑定を知っていることになる。

それは何故なのか、俺は考える。

たとえば俺の部下の中にスパイがいる、とかか？

あるいは俺の鑑定魔法を鑑定できる奴がいるという可能性だって、ゼロではない。

そう思考を巡らせていると、女は扇子を頬に当てて首を傾げた。

「まだピンと来ないのかしら？　やっぱり平民は無能ね」

女は俺の顔を見て、「はあ……」とわざとらしい溜め息をつく。それから、続けた。

「あの無能な男爵が、『浮浪児を集めて使い潰す』なんて素敵な思いつきをすると思う？」

電流のような衝撃が体を走る。一瞬にして息が吸えなくなり、心臓が大きく脈打つ。

湧き上がる気持ち悪さを噛み殺す俺を尻目に、女は楽しげに微笑んだ。

「あなたたちを捕まえろと言ったのも、使える者だけ閉じ込めろと助言したのも、私よ？」

脳内を様々な記憶が駆け巡る。その全てが悲惨で、苦しくて――

そんな俺の目の前で、兵士の一人が女の前に跪《ひざまず》き、紙の束《たば》を渡した。

「鑑定士アルト。入荷日は新政《しんせい》二十四年の竜《たつ》の日。体格はD評価。鑑定魔法に成功したため、Bランクの檻に移動。日に四度気絶しても生き残るほど魔力と体力あり」

女は紙に視線を走らせながら、朗々《ろうろう》と言葉を紡ぐ。

「鑑定魔法を用いて獲物の位置すら把握できる。人間の鑑定も可能」

言葉の一つ一つが王国での日々を想起させ、胸を抉《えぐ》っていく。全身が、冷たくなっていく。

「特殊な個体だと判明してからは、報告の頻度を上げさせたけど、檻から逃げるなんて予想外だったわ」

女は紙を投げ捨ててから、そう口にした。

何かしらの魔法を使ったのだろう、紙が俺の足元へ移動する。

「読んでみたらどうかしら？　ペットの育成記録、なかなか面白いわよ？」

「……」

凍《こご》える心を鞭《むち》打ち、震える指で紙の束を拾う。

どんな課題を与えると何ができて、他の個体とどう違うのか。

幼い頃から逃げ出した日の直前まで、俺の行動の全てが記されている。

本当に辛く厳しい、思い出したくない記録だ。

「国王が連れ戻そうとしているようだけど……あなたは帝国のものでも、王国のものでもない。私のモルモットなの。大人しく帰ってきなさい」

頭が真っ白になり、何も言い返せない。

そんな俺の姿を、女は楽しげに眺めている。

女は目を細めながら扇子を水平に持ち直し、俺たちの背後にある扉に向けた。

「隣の部屋に何人の兵士が集まっているか、あなたに想像できるかしら？」

やはり鑑定魔法は、大した手応えを返さない。

だが、それに反して多くの物音が隣の部屋から聞こえる。

「でもそうね。素直にこちらに来るのなら、あなた以外は見逃してあげてもいいわ。その獣人、大切なのでしょう？」

俺たちに退路はなく、目の前にいる敵はルルベール教官が冷や汗を流すレベルだ。

これは……仕方ないな。

「……俺がそっちに行けば、二人は助けてくれるんですね？」

「ええ、約束するわ」

貴族の約束ほど信用できないものはない。

それは、嫌というほど身に染みて分かっている。

だが詰みに近い現状では、他に手がないのも確かだった。

『分かりました』と口にしようとした――その瞬間。

「――そんなのお断りです!!」

リリの叫び声が響いた。

横を向くと、泣き出しそうなリリの顔が目に入る。

杖を両手で握り締めて唇をぎゅっと噛み締めながら、彼女は続ける。

「アルト様がいない未来なんて、私はいらないです!」

そう叫んでから、リリは大きく前に踏み出した。

「〈スピードアップ〉と〈パワーアップ〉を起動します!」

「なっ――!?」

俺は驚きのあまり、声を上げることしかできなかった。

杖を振りかぶりながら、リリは女目掛けて飛び込んだ。

女を守っていた兵士が、動く。

すぐさま女の前に立つと、剣でリリの杖を受け止めた。

「あらあら、平民なのに意外と速いのね。でも、勉学が足りてないのではなくて?」

女はニヤリと笑い、自分のこめかみをトントンと叩く。

「無策で飛び込んで、倒せる相手だと思ったのかしら?」

兵士がリリを押し返す。

リリは杖を弾かれて尻もちをついた。

奥歯を噛み締めるリリを見下ろして、女は立ち上がる。

そして楽しそうに微笑みながら言う。

「平民はやっぱり無様ね。全員でやりなさい」

全ての兵士が武器をリリに向ける。

慌てて飛び出したが、敵の方が速い。

「甘いわい！」

床に倒れるリリの頭上を飛び越えながら、ルルベール教官が横薙ぎに剣を振るった。

敵兵士は吹き飛びつつも、その攻撃を受けきった。

その隙に、俺はリリを守るように前に出た。

「平民は血の気が多いわね」

そんな声に合わせて、兵士が攻めてくる。

ルルベール教官がほとんどの兵士を相手にしてくれているが、それでも三人がこちらに駆けてきた。

そのうちの一体が、槍を突き出してくる。

俺はそれを蹴り上げ、兵の手首に短剣を突き立てた——はずだったのだが、短剣は見えない何かに防がれてしまった。

巨大な岩に刃を突き立てたような手応えに、俺は慌てて体を引いた。

次いで剣を持った二人の兵士が襲いかかってくるのをなんとかいなしつつ、俺は声を上げる。

「リリ！　俺が攻撃を防ぐ！　武器を持て！」

「はっ、はい！」

予備の武器を取り出すリリを背後に隠し、俺は三人の攻撃を必死でいなし続ける。

多くの死線を潜り抜けたこともあり、亡命してきた頃に比べると、だいぶ動けるようになった。

それに最近は暇な時にルルベール教官に指導を仰いでいたため、その成果も確実に出ている気がする。

後ろをちらりと見てリリが武器を手に取ったのを確認してから、俺は叫んだ。

「教官！」

「うむ！」

俺たちは大きく後ろに跳び、敵と距離を取ってから集まった。

「追っては来ぬようじゃな」

「ええ。女の命令待ちに見えますね」

敵兵士は一列に並び、微動だにしない。

そんな兵士たちの背後で、女は冷めた目をしていた。

「その獣人を助けた今の行動に、どのような意味があるのかしら？」

女は不思議そうな顔で首を大きく傾げている。

煽《あお》りではなく、本当に意味が分からないのだろう。

やはり、こういう奴とは言葉を交わすだけ無駄だな。

そう思っていると、ルルベール教官が巨大な剣を肩に担ぎつつ、聞いてくる。

「情報収集は完了した。そう思ってよいな？」

「……ええ。これ以上引き出せる情報はないですね。それどころか、会話をすることで俺の精神が削られます」

それを聞いて、リリが心配そうに俺の顔を見てくる。

そして、何故か申し訳なさそうに頭を下げた。

「勝手な行動を取って、すみませんでした！」

「いや、リリが悪いわけじゃないよ」

勝手な行動をしようとしたのは、俺の方だよな。

王国の貴族が口にする約束なんて、綿埃《わたぼこり》より軽い。

そんなものに望みを託すなんて、本当に馬鹿な話だ。

「窮鼠猫《きゅうそねこ》を噛む。その言葉の意味を教えてやる」

幸いというべきか、女は俺たちを観察して楽しんでいる節がある。

その驕りを利用して生き延びてやるさ。

そう思っていると、女が煽るように言う。

「あら？　小さな歯で噛むくらいで、状況が変わると本気で思っているのかしら？」

「ええ」

王国にいた頃は自分が生き残ることに必死だったが、今は頼れる人がいる。俺たちなら大丈夫。

そう自分に言い聞かせていると、女が扇子を水平に掲げた。

「では、無能な教師から殺しましょう。支柱を失った平民の表情が、この世で一番面白い見世物ですからねぇ！」

女の命令を受け、兵士たちがルルベール教官を取り囲んだ。

しかし、教官はニヤリと笑ってみせた。

「この程度であれば、ワシ一人で倒せる。力を示すのも教官の仕事じゃからな」

女の指がピクリと動く。

その動きに合わせるように、兵士たちは足を止めた。

「平民風情《ふぜい》が私のペットを倒す？　本気で言ってるのかしら？」

「うむ。この程度であれば余裕じゃな」

そう言葉にしながら、ルルベール教官は静かに周囲を見渡した。

そして巨大な剣を担ぎ――一息で兵士に詰め寄る。

遅れて盾を掲げる兵士を押し潰すように、教官は大剣を振り下ろした。

「やはり、想定外の動きに弱いようじゃな」

ルルベール教官は倒れた敵を踏み台に、敵の頭上を跳び越えた。

追撃をかわしながら体勢を整えて別の兵士を倒しつつ、教官は静かに言う。

「抵抗するなら、ここがおぬしらの墓場になるじゃろう。じゃが、退くのであれば追いはせんわい」

そう口にしつつも、ルルベール教官は後ろ手に俺たちに向けて指でサインを送る。

『撃破は困難。現状維持に徹する。ここは一人で引き受けた。状況の打開はおぬしたちに託す』

俺は教官に頷いてから、リリの方を向く。

「リリ、教官の指示通りに」

「……分かりました」

俺とリリは部屋の隅まで移動し、ルルベール教官と距離を取った。

女が言う。

「無惨に散りなさい」

兵士が、教官に襲いかかる。

剣、盾、槍、大剣、棍棒《こんぼう》——四方八方から迫る攻撃を、しかしルルベール教官は紙一重で避けていく。

やがて教官は地面を転がり、包囲網を脱した。

軍服の端は斬れていて、呼吸も少しばかり乱れている。

「あらあら、ゆとりがないのではなくて？」

女が言うように、本当にギリギリの戦いなのだろう。

だがその一方で、女を護衛する兵士が残っていない。

俺とリリで女を攻撃すれば現状を打開できる——そう思ったが、女は笑った。

「くふふ！　やはり老人一人では優雅さに欠けるわね。こちらの二人にも踊って貰おうかしら」

そう言って、女は扇子の先を俺たちに向けた。

すると、ルルベール教官に襲いかかっていた兵士のうちの二人が動きを止め、こちらに迫ってきた。

「アルト鑑定士に時間を与えると余計なことをするでしょう？　報告書にそう書いてあったわ」

くつくつ笑いながら、女は兵士に指示を出す。

敵の動きが明らかに速くなっている⁉

さっき俺に襲いかかった時は、本気ではなかったのか！

ルルベール教官は他の敵を抑えるだけで精一杯。助けは期待できない。

俺がどうにかしなければ！

「孤児の獣人は戦闘力が低い。赤髪のスパイがそう言っていたわね」

女が確かにそう言った。

赤髪のスパイ……サーラのことだろうな。

「使える武器は、獣人が杖だけ、アルト鑑定士は短剣だけ」

二人の兵士が持っているのは、それぞれ長槍と棍棒。

前者はリリに、後者が俺に向かって振りかぶられる。

「ご自慢の魔法を使ってもいいのよ？　アルト鑑定士は短剣が折れないといいわね」

俺たちの武器を知った上での采配。故に、相性は最悪だ。

「リリ、自衛だけに専念すること。いいね？」

「……分かりました」

それから俺たちは、なんとか致命傷だけは避けつつ、敵の攻撃を受け流していく。

斬り傷や軽い打撲の痕が俺たちにどんどん増えていくのを見ながら、女は不愉快な声を上げる。

「さぁて、どのように倒すつもりなのかしら？」

敵の数は減らず、攻撃が絶えることもない。

そのせいで俺とリリは段々と分断されていく。

ギリギリで攻撃を避け続けている俺とは対照的に、敵は汗ひとつかいていない。

敵の体力切れを狙うのは、無謀だった。

「どれだけ粘れるかしら？」

女の声に苛立ちつつ、俺は必死で思考を巡らす。

すぐに逆転の手を考えないと、このままじゃ――

「アルト様!!」

「――ッ!?」

目の前に棍棒が迫っていた。

まだ回避は間に合う。

俺はなんとか地面を転がり、敵の間合いの外へ――逃げられた、と思っていた。

しかし相手は棍棒を振るっていなかった。

地面に這いつくばる俺に向かって、大きく踏み込んでくる。

これは、避けられない。

冷や汗がぶわっと湧き出すのを感じつつ、俺は体勢を崩したまま再度地面を蹴った。

転がってからどうにか敵の方向を向き、短剣を両手で握って切っ先を前に突き出す。

「あらあら、最初の脱落者のようね」

楽しげな声が聞こえ――次いで、目の前で刃が砕ける。

そして凄《すさ》まじい衝撃が両手と肩を突き抜けた。

激しい痛みを感じつつ、俺は何度も地面をバウンドして、やがて壁にぶつかり、その動きを止めた。

「アルト様!!」

悲鳴にも似たリリの声が、間近で聞こえた。

どうやらリリの近くまで吹き飛ばされたらしい。

ありがたいことに、敵の追撃はない。

体はかなり痛むが……立ち上がれないほどではないな。

「大丈夫。ちょっと油断しただけだよ」

俺は刃が折れた短剣を手放した。

指や腕の骨は……折れていないな。

少し動くたびに激痛が走るが、そんなことで動きを止めていられない。

「諦めなければ勝機はある。これくらい我慢しなきゃ、だ」

痺《しび》れの残る手で予備の短剣を取り出しつつ、俺は普段通りに笑ってみせた。

それから、少し遠くにいる教官に聞こえるように言う。

「教官、もう少しだけお願いできますか？」

「うむ、任せておけ」

ルルベール教官は、腹に響く声でそう応えてくれた。

俺はニヤリと笑って言った。

「それでは、反撃を始めよう」

こちらが圧倒的に不利で、相手は俺たちの情報を効果的に使ってくる。

それはこれまでの戦いで嫌というほど分かった。だが――

「俺たちもようやく、相手の情報を手に入れた」

「平民風情が面白いことを言うわね。負け惜しみかしら？」

「いいえ、あなたは王国にいた頃の俺しか知らないようだ」

女は不快感を顔に滲ませて、扇子で棍棒の兵士に指示を出す。

俺は痛みに耐えながらその攻撃を避け、迫り来る棍棒を避け、余裕しゃくしゃくといった表情で背後の扉を指差しながら、口を開く。

「外の兵士を呼ばなくても大丈夫ですか？　数の力で俺たちを殲滅《せんめつ》する予定だったのでは？」

正直な話、このタイミングでの増員は本当に危うく、絶望しかない。だけど――

「平民風情が挑発かしら？」

「いえいえ、優秀な鑑定士の優しいアドバイスですよ」

こう言っておけば、増援はない。

基本的に王国の貴族は天邪鬼《あまのじゃく》だ。自分より身分が下の者の言葉には、決して従わない。

そんな俺の考え通りに、女は眉をひそめて扇子を閉じた。

「外の兵士を使うまでもないわね。絶望の中で殺してあげるわ」

敵兵士は一斉に攻撃を止め、隊列を組み直した。

俺は二人に目を向け、言う。

「二人とも、こちらへ」

「うむ」

「分かりました！」

敵の動きに注視しながら、リリを中心に肩を並べる。

女に見られないように、俺たちは後ろ手でリリの杖を握った。

（教官、怪我の具合は？）

大量の兵士を相手に戦っていたルルベール教官の軍服はボロボロ。

肩や脇腹には赤黒い染みができている。

（問題ないわい。軽いかすり傷程度じゃ）

ルルベール教官は肩を大きく回し、巨大な剣を担ぎながら屈伸をしてみせた。

戦闘に支障はなさそうだが、言うほど浅い傷でもないだろう。

俺は少し考えてから脳内で言う。

（無理はせず、防御優先でお願いします）

（うむ。任せておけ）

色々と頼ってばかりで申し訳ないが、そうしないとこの均衡はすぐさま崩れるだろうからな。

ルルベール教官には、このまま頑張ってもらうしかない。

（リリ、怪我はないな？）

（はい！　大丈夫です！　まだまだ頑張れます！）

力の籠もった声に聞こえるが、杖を持つ手が震えている。

一対一とはいえ、倒せない敵とずっと命のやり取りをしていた。

怪我はなくても、気力や体力の限界が近い。

そんな俺たちに比べ、敵兵士には疲れの色すらない。

時間が経てば経つほど、こちらが不利だな……

（タイミングを見てこちらから仕掛けます。二人とも行けますか？）

（はっ、はい！　もちろんです！）

（儂も問題ないわい）

リリはピクリと肩を揺らして杖をギュッと握り直す。

ルルベール教官は俺の顔を流し見て大きく頷いた。

（して、どうするつもりじゃ？）

（現状を変えるために、敵は大きく動いてくるはずです）

圧倒的な状況を作り、命乞いをする平民を踏み付ける。それが王国の貴族の基本のやり方だ。

表情には出さないが、膠着状態とすら言える現状を、好ましく思っていないはず。

女がどのような動きをするのか、予想することはできないが――

（大きく動けば隙が生まれる。その瞬間を狙いましょう）

いつでも動けるように準備をしておこう。

そう思っていた矢先、女が早速動き出す。

近くの兵士の肩に手を置きつつ、口を開いた。

「平民相手に使うのはもったいないけど、特別に見せてあげるわ」

女はその隣の兵士、さらに隣の兵士……というように、計五人の肩に触れた。

すると、彼らは黒い蛇へと変化した。

「せっかくですし、お友達に会わせてあげましょう」

黒い笑みを浮かべる女を横目に、五体の蛇は床の上で丸くなり、地面に溶けるようにして黒い線へと変化した。

そうして形作られた円の中に、次々と線が浮かび上がり——魔法陣になる。

そこから数多《あまた》の粒子が浮き上がり……やがて収束した。

現れたのは、サーラだった。

マルリアを拉致した王国の貴族が使っていた転移の魔法陣。

サーラの足元に描かれているのは、それだったのか。

「何をする気だ……？」

大規模な攻撃を仕掛けてくると思っていたが、女は五人の兵士を犠牲にしてサーラ一人を呼び出しただけ。意図が分からない。

女は口角をつりあげながら、俺たちを流し見る。

「愛情と言ったかしら？　平民は無駄な感情を持っているのよね？」

その言葉に合わせて兵士が一斉に動き出し、サーラも含めた俺たち全員を取り囲む。

女はどこまでも楽しそうに、呆然と立っているサーラを見つめていた。

「あなた一人だけで、そこにいる三人を殺しなさい」

「「!?」」

俺とリリ、そしてルルベール教官は揃って息を呑んだ。

「優しい先生と同級生は、三対一でも、あなたを殺せない。そうでしょう？」

教官と生徒の殺し合い。友人同士の殺し合い。その苦悩が見たい。

言ってしまえば、貴族のお遊びだ。

女は、冷酷に言い放つ。

「サーラ、あなたが殺しなさい。そこの三人を」

「……私が、三人を」

Sランクの素質を持っているとはいえ、ルルベール教官と比べると圧倒的に経験が足りない。

それでも情が入れば、結果は変わるかもしれない。

女はそう考えているらしい。

否、女にしてみれば、サーラは使い捨ての道具。

それを最も効果的に『使える』機会が今だった。ただ、それだけなのかもしれない。

そんな俺の考えを肯定するように、女は言葉を紡ぐ。

「あなたが死ねば、相手の心に傷ができるわ。それも一興よね。ちなみにあなたが逆らったら、兄が殺されるわ。いいの？」

「……ダメ」

「それなら、頑張って私を楽しませなさい」

無言で女を見返していたサーラだったが、やがて静かに頷いた。

そして両手をだらりと下げて、力のない目を俺たちに向ける。

「素直な平民は好きよ。楽しい実験を始めましょう」

サーラが俯き、女に見えないように唇を噛み締めるのが見える。

俺の隣ではリリが自分の胸を抑え、ルルベール教官は悔しそうに背を向けている。

そんな仲間の姿を見て、自分のやるべきことが決まった。

「リリはサーラの相手を頼む！　教官は俺の背後に来てください！」

二人の返事を聞く前に、俺は大きく前に踏み出した。

そして、言い放つ。

「仲間同士の殺し合い、教師と生徒の殺し合い――そんなものが、面白いわけないだろ！　俺がこの茶番劇を終わらせてやる！　リリはできるだけケガさせないようにしつつ、サーラを食い止めてくれ！」

「分かりました！」

そう言葉にしておけば、リリがケガをする確率も下がる。

サーラは兄を人質に取られているだけで、根は優しい。

鑑定魔法が使えなくても、そのくらいは分かる。

そんな優しい少女は、自分を傷付けないように戦う相手に全力を出せないはずだ。

「〈パワーアップ〉と〈スピードアップ〉を起動します！」

戸惑うサーラに向けて、自身に支援魔法をかけたリリが突進する。

サーラは一瞬躊躇ってから、剣に手を掛けた。

やはり優しい少女だ。

リリを迎え撃つべく、サーラが魔法陣の外に出た。

そして杖と剣が交差する。

その瞬間を狙って、俺は両手の手のひらを魔法陣に向ける。

「教官！　大剣の加護を！」

「うむ」

ルルベール教官は剣に手をかけつつ俺の肩に触れた。

すると、魔力が膨れ上がる。

「この魔力は⁉」

女は、今の俺の実力を知らない。故に、かなり驚いている。

俺はそれを横目に大量の魔力を全力で放ち、転移の魔法陣を鑑定する。

現在、魔法陣は機能を失っている。

だが、ある箇所に魔力を流せばその機能が復活すると分かった！

俺は全力でそこに向かって魔力を放つ。

どうにか出口をこじ開け、脱出して助けを呼べれば——そう思っていたが、想定外のことが起こる。

「悪い。嬢ちゃんの子守りを頼まれてたのに、見失っちまってよ」

占領した魔法陣の中央に、鬼の化物の時に共闘した軍の先輩——バルベルデ伍長が現れたのだ。

予想外の出来事に、思わず目を見開く。

女もサーラも、突然の出来事に伍長を警戒してはいるものの、動けないようだ。

「久しぶりだな。直接会うのは、鬼の時以来か？」

「え、ええ。そうだと思います」

おそらくは、一ヶ月ぶり。

数字にするとその程度でも、最近は濃密な一ヶ月だったからな。

最後に会ったのが、遠い昔のように感じる。

いや、そんなことより――

「どうしてここに？」

「サーラ嬢ちゃんの見張りを依頼したのは、お前さんだろ？　嬢ちゃんがこっちに来たのを見て、追いかけてきたんだ」

あたかも当然のようにバルベルデ伍長は言うが、そんな簡単な話じゃないだろう。

転移魔法の仕組みは、二つの魔法陣を魔力で繋《つな》ぎ、その間を移動するというもの。

なので、サーラの側にも魔法陣があったはずだ。

サーラが転移したあと、機能を失った魔法陣を俺が再起動させた。

それを見て飛び込んできたってことだろうが……こちらの状況が分からない中でそんな決断を瞬時にできるのは、自分の実力に相当自信を持っている証拠だ。

しかし、バルベルデ伍長が飛び込んできたのは自信があったからというだけではないようで、彼はニヤリと笑う。

「お前さんの部下に、すげぇ耳がいい奴がいんだろ？　そのお陰でこっちの状況が分かったんだよ」

「……なるほど」

サーラがこちらに転移している僅かな時間、こちらの音が向こうにも僅かに漏れ出した。

それをミルカが聞いて、状況判断したってことか。

「怪しい魔法陣だとは思ったけどよ。神の部下の言葉なら、信じるしかねぇわな」

そう言って、バルベルデ伍長は肩をすくめる。

そしてちらりと女に視線を送りつつ、楽しそうに笑う。

「エマ嬢ちゃんの力も開花してるしな。王国は、ホントにバカなことをしたと思うぜ」

いや、貴族の屋敷に侵入した際、エマさんが属性矢を使えることを見抜いたのは確かだが……神扱いはちょっと大げさじゃない？

そう思って反論を試みようとしたタイミングで、バルベルデ伍長が連絡用の端末に向かって小声で言う。

「ターゲットを補足した。敵多数。全員で乗り込んでくれ。以上だ」

伍長が右にずれると、今度は魔法陣からヤスヒロ上等兵が現れた。

その瞬間、伍長が足を引っかける。

ヤスヒロ上等兵が前のめりに倒れた。

ビタンといい音がしたあと、二本の短剣が床を転がっていく。

ヤスヒロ上等兵は鼻を抑えつつ、涙目で呻《うめ》く。

「はなぢ！　鼻から血が出てるっすよ！」

そんなヤスヒロ上等兵に背を向けて、バルベルデ伍長は俺に聞いてくる。

（こんなに隙を見せても襲ってこないことといい、目に意思を感じねぇことといい……雑兵《ぞうひょう》どもは、あの女に操られているだけって感じか？）

（はい。許可がなければ、動けないようです）

ヤスヒロ上等兵を転ばせて隙を作ったのは、敵兵士の動きを確認するため。

俺への確認は、その答え合わせってところか。

「転ばせておいて無視は酷いっすよ‼」

そう叫んでいるヤスヒロ上等兵も、周囲の気配を探っているようだ。

間違いなく、この場で思いついた作戦だろうが……この辺りの連携は、さすが精鋭というしかない。

「それに、俺っちを置いて先に行くとか、酷くないっすか⁉」

「あん？　先に危険に飛び込むのは年上の務めだろ。悔しかったら俺より年上になれや」

「いやいや、生まれた順番を変えるとか無理っすよ！　……え？　無理っすよね？」

ツッコミたくなるような会話を続けながらも、バルベルデ伍長たちの意識は祭壇やサーラに向けられている。

周囲の兵士はもちろん、女も動けずにいる。

戦場でこんなに緊張感のないやりとりをする者なんて、普通はいない。

いくら王国の貴族でも、どういう相手なのか測りかねているといったところだろう。

しかし、そうやってこちらに時間を与えたのが命取りだ！

俺は無線機を取り出し、女に聞こえないように声を潜めて言う。

「魔法陣を広げます。モチヅキ隊長、部下を連れて飛び込んでください」

再度、転移魔法陣に魔力を叩き込み、起動させる。

ここに至って、ようやく俺たちの作戦に気付いたらしく、女が叫んだ。

「そこの平民を殺しなさい！　赤毛のスパイはこっちの敵を殺すのよ！」

しかし、全てが遅すぎた。

もっと早く俺を殺しにかかっていたなら、あるいは魔法陣を壊していたなら、俺たちが不利な状況は変わらなかったろう。

だが、女はそもそも俺たちに増援が来る可能性すら完全に捨てていた。

故に判断が遅れたのだろう。

敵兵士が動き出すより早く、モチヅキ隊長たちが姿を見せた。

「これはまた、面倒そうな現場ですね」

「モチヅキ隊長！　周囲の兵を――」

「心得ています」

モチヅキ隊長は優しく微笑んでから、手で指示して部下を散開させる。

バルベルデ伍長とヤスヒロ上等兵も、敵に向かって走る。

敵兵士一人に対して、二人ずつ付けるような形。

そしてモチヅキ隊長は、サーラの方へと駆けていく。

「教官ですら敵を傷付けられませんでした。動きを封じることだけに注力してください」

「かしこまりました」

落ち着いた声で答えて、モチヅキ隊長は微笑んだ。

彼を始めとして、全員の動きに迷いがない。

「俺が頼みたかった動き、そのものだな」

俺は思わずそう呟いた。

モチヅキ隊長たちのおかげで、前線の維持はできるようになった。

リリもモチヅキ隊長と入れ替わりで俺の隣に戻ってきているし、ルルベール教官が戦いに参加せずとも戦況は維持できている。

敵の出方を窺う余裕もある。

「形勢逆転ですね」

そう言って、ルルベール教官の方を向いた瞬間——思い出した。

扉の向こうに大量の敵がいることを。

今その兵士たちを投入してこないのは、俺が先程挑発したことが理由だと思っていた。

だが、この状況でその選択を取らないのは、さすがにそれだけが理由ではないような気がする。

目的があるはず。

切り札を出すタイミングを測っているのだろう、きっと。

何を油断していたんだ、俺は。

敵が次の手を打つ前に、こちらから強気に打って出ねば。

俺は戦況を覆す手段を探すべく、鑑定を使う。

ルルベール教官を戦いに参加させていないのは、これが理由だった。

剣を借りて魔力にものを言わせる形で、とにかく色々なものを鑑定しまくろうと考えている。

神殿は――剣の力を借りてもダメか。それなら……

そんな風に考えていると、聞き慣れた声がする。

思わず気が抜けてしまいそうな、頼もしい声。

「お姉さん、参上！」

転移魔法陣から現れたのはフィオランだった。その隣にはマルリアもいる。

「あんたにしては対応が遅かったじゃない？　あんな女を相手に遊んでたわけ？」

不満そうに頬を膨らませながら、マルリアはそう口にした。

そして、大きく息を吐いてから俺に言う。

「まぁいいわ。的確な指示をちょうだい」

「……ああ。それが俺の仕事だからな」

みんなを危険な目に遭わせたくはないが、そうも言っていられない。

「頼りにさせて貰うよ」

みんななら大丈夫。

そう自分に言い聞かせながら、俺は再度魔力を魔法陣に注ぎ込んだ。

それによって魔法陣は消え去った。

向こうにいるマイロくんの方に移動されて、そっちを叩かれたら困るからな。

さて、それじゃあ動くか。

さっき、状況を覆すある一手を考えついたところだしな。

俺は叫んだ。

「隊長、後退してください」

「承知しました」

モチヅキ隊長はサーラの体勢を崩してから大きく後ろに跳び退く。

「あなたが描く結末を楽しみにしていますよ」

楽しげにそう言いつつ、モチヅキ隊長がルルベール教官の隣に並ぶ。

俺は女とサーラを指差した。

「矢を」

「任せて！」

そう言うや否や、フィオランは二本の矢を放つ。

「一瞬で、同時に……」

第三弓兵隊から、そう呟く声が聞こえる。

そんな中、フィオランの矢は力強く飛んでいく。

しかし、一本は体勢を立て直したサーラに弾かれ、一本は兵士が体で止めた。

サーラに防がれるのは織り込み済みだったとはいえ、もう一本も止められたか……

それなら！

「リリ、マルリアに〈スピードアップ〉と〈パワーアップ〉を。マルリアはサーラを抑えてくれ！

くれぐれも傷付けないようにな」

「はい！」

「任せなさい！」

一瞬の迷いもなく、マルリアはサーラとの距離を詰めてナイフを振るう。

サーラはそれを受けつつ、言う。

「……退いて」

「できるわけないでしょ！」

マルリアはそう叫ぶと、サーラのナイフを上に弾いて大きく踏み込んだ。

後退しつつも、サーラはそれを再度防ぐ。

そんな彼女に向かって、マルリアは言う。

「でも、そうね。マイロがさらわれたら私も同じことするわ」

「……」

それからも、二人の斬り合いは続く。

ギリギリの戦いだが、マルリアが押しているように見える。

「保護施設にいた時は結構差があったんだが、今や互角だな」

マルリアは格段に成長した。リリの支援魔法も、見違えるほど強くなった。

だけどそれ以上に、マルリアの手にはいつもより力が籠もっているように見える。

ナイフを振るいつつ、マルリアは言う。

「サーラ、あなたの気持ちは分かるわ。だけど、仲間の裏切りは責任を持って止めるのよ」

俺は、リリに言う。

「リリ、俺にも〈スピードアップ〉を」

「え？　わっ、分かりました！　〈スピードアップ〉を起動します！」

短剣を握って、地面を蹴った。

リリの魔力が体内を巡るのを感じながら二人に向かって走る。

俺はマルリアに目配せしてから、サーラの背中に囁きかける。

「兄に会いたいよな？　大丈夫だ。今から解決してきてやる」

「……」

返事はないが、サーラは剣を下ろした。

マルリアもナイフをポシェットに仕舞い、柔らかい笑みを浮かべる。

「そう、仕込みは終わっているのね」

そして俺を指差して、サーラに向かって言う。

「あいつの言葉は真剣に聞いた方がいいわ。全てが異常で面白から」

「……？」

サーラは首を傾げたまま、固まった。

それを見て、女の叱責《しっせき》が飛んだ。

「何をしているの！　早く殺し合いなさい！　兄を殺すわよ!?」

ビクッと肩を震わせて、サーラは慌てて剣を握り直す。

そんなサーラの動きを横目に、俺はリリに視線を向けた。

「さっき金庫で拾った袋を、サーラに見せてやってくれるか？」

「袋、ですか……？　分かりました！」

リリはポケットの中に手を入れ……魔物の皮でできた小さな袋を取り出した。

「!?」

女は目を見開き、思わずといった感じで手を伸ばす。

そんな女の動きを制するように、リリは袋を掲げた。

「平民風情が、何故それを！」

女は声を荒らげた。初めて、本当に動揺しているようだ。

そんな女に視線を向けて、俺は挑発するように言う。

「一つ前の部屋で、優秀な仲間が見つけてくれたんです。この袋に見覚えが？」

「……挑発のつもりかしら？」

苛立ちを隠せない女と対照的に、サーラは不思議そうに首を傾げている。

俺は言う。

「リリ、中身を見せてあげて」

「分かりました！」

リリは袋の口を開いた。そして中に入っているビー玉のような形をした魔道具をいくつか掬《すく》い取る。

それは、マルリアを拉致した王国の貴族が使っていたもの——人間を中に閉じ込める魔道具。

「サーラの兄はこの中にいる。そうですね？」

それを聞いて、サーラは大きく目を見開いた。

片っ端から鑑定をかけていたら、魔道具の中にいる人間の情報まで読み取れた。

その中にサーラの兄がいたのだ。

「調子に乗りすぎね。盗人《ぬすっと》だと自慢したいのかしら？」

「いえ。これは、元々あなたのものではないでしょう？　先に人をさらっておいて、何を言っているんだか」

そう口にしてから、俺はリリの方を向く。

「リリ、袋をサーラに投げ渡して」

「分かりました！」

袋が宙を舞う。

サーラはそれを受け止めようと手を伸ばす――が、顔つきが変わった。

そして手を剣にかけた。

きっと長らく女に使われてきたから、逆らうのが怖いのだ。

ここで兄を取り戻せたとしても、俺たちが負けたら元の木阿弥《もくあみ》。

ならば女に味方した方がいいと判断したのだ。

そういう根性が体に染み込んでしまうのは、俺も身をもって知っている。

だから驚くことなく、すぐに声を出せた。

「マルリア!!」

「任せなさい！　リリや変態と比べたら鈍足だけど、私も成長してるのよ！」

マルリアもサーラの動きに気付いていた。

それは、彼女もサーラと同じく守る者がいるからに違いない。

ポシェットから自身が耐久力を強化したロープを取り出し、マルリアは振るう。

そのロープが、剣を絡め取った。

体勢を崩したサーラの足に、もう一本のロープがかかる。

どうやら片手でロープを振るいつつ、もう片方の手でさらにロープを取り出していたらしい。

サーラがバランスを崩して倒れた。

その隙を見逃さず、マルリアはサーラに馬乗りになって手足をきつく縛った。

床に転がるサーラを見下ろして、マルリアがほっと胸をなで下ろした。

「初めて勝てたわね。私だけの力じゃないのが悔しいけど」

「……なんで？」

負けた理由が分からないのだろう。

「マルリアが寝る間を惜しんで作ったロープだ。その想いを見誤ったね」

保護施設の時から目標として追い続けた相手が敵だと知り、勝つために作り上げたマルリアの自信作だ。耐久力は相当高いし、魔力によって自在に動く。

剣で相手をするには、結構骨が折れるはずだ。

ただしサーラが万全な状態だったら、どうなっていたかは分からない。

かなり剣筋に迷いを感じたからな。

「残りは、意思のない兵士と無能な貴族の討伐。簡単な仕事だな」

サーラに背を向けて、俺は呆然と立ち尽くしている女の方に向き直り、静かに笑う。

「まだ信じられませんか？」

施設にいた頃の戦績はサーラの圧勝。それは女も知っていたはず。

同級生を相手にサーラが負けるとは思っていなかったのだろう。

さて、勝てるだけの情報はすでにある。

大きなミスをしなければ負けることはない。

まずは相手を怒らせて思考力を奪う。

「あなたが軽んじてきた努力や想いは、血よりも価値があったって話ですよ。さて、お遊びはここまでです。狩りを始めましょうか」

「……お遊び、ですって？」

「ええ。実力主義の本気を見せてあげますよ」

とはいえ、主戦力は俺じゃないんだけどな。

ルルベール教官とモチヅキ隊長が並び、剣を構えた。

フィオランは弓に矢を番《つが》え、リリが杖を握り、マルリアがロープを回している。

そんな俺たちを見つめて、女は眉間にしわを寄せた。

「平民風情が調子に乗りすぎね。束になれば貴族に勝てる。そう思っているのかしら？」

「ええ」

命令がなければ動かず、女の意識が逸れると動きが鈍《にぶ》る。

そんな人形のような兵士より、こっちの方がよっぽど強いと確信しているからな。

こちらは全員が最善の手を考え、俺の想定を超えて動いてくれる。

たったひとりの知恵と集団の対応力——どちらが勝《まさ》るかなんて、誰の目にも明らかなことだ。

「まずは——フィオラン！」

俺の声に呼応するように、フィオランが力強く矢を放った。

それと同時に、ルルベール教官とモチヅキ隊長が地面を蹴る。

女はそれを見て力強く吠えた。

「まとまりのない集団はクズよ！　私の意のままに動く兵こそ、至高なのよ！」

そんな声に合わせて、兵士がぴたりと揃った動きで教官たちの行く手を塞いだ。

ルルベール教官とモチヅキ隊長が声を上げる。

「む？」

「これは……！」

兵士の一人がルルベール教官の大剣に飛びかかる。そして斬られることも厭《いと》わず、それを抱きかかえた。

それに続いて、兵士たちは全員教官たちに飛びかかり、動きを止めようとする。

捨て身どころの話じゃない。兵士全員が人間らしい動きをやめ、全力を超えた動きで教官たちの足止めを試みている。その中には、教官の大剣に噛み付く者までいた。

しかしそれは半数だけ。残る半数は、第三弓兵隊とバルベルデ伍長たちに向かってものすごい勢いで突進していく。

「自我を捨てれば平民でも使いものになるの。面白いでしょ？」

動きの全てが奇妙で、面白い要素などどこにもない。

『脳味噌を捨てろ！　そうすれば、全ての力が出せるぞ‼』

ある日突然、元上司がそんなことを言い出した時があった。

人間の脳には、体が壊れてしまわないように力を制御する機能がある。

それを解き放てば本当の力を出すことができる。そんなことを言っていた。

無能な上司らしくないアドバイスだと思ったが、この女の受け売りだったのか。

「邪魔なものを捨てて貴族の命令を聞く。それが最も効率的な力の出し方よ」

貴族の思考原理は、やはり理解できないな。

「この子たちの声が聞こえるかしら？　みんな私の手足になれて、喜んでいるわ」

女の視線の先で兵士は犬のように地面を駆け回り、ルルベール教官たちに飛びかかっている。

剣でなぎ払われ、地面を転がっても、次の瞬間には何事もなかったかのように立ち上がり、同じ行動を繰り返す。

「喜んでいる？　これで？」

あまりの異様さに顔が引きつる。

いや、今はそんなことを議論している場合ではない。

前言撤回。奴らは確かに厄介な敵だ。

ルルベール教官たちは危なげなく対処できているように見えるが、女には近付けていない。

打開策を練らねば……と思っていたが、女の背後に人影が見えた。

「飛ばせ、ヤスヒロ！」

「任せるっすよ！」

バルベルデ伍長とヤスヒロ上等兵が、女の背後から強襲を仕掛ける。

ヤスヒロ上等兵が剣の腹にバルベルデ伍長を乗せ、ぶん投げるような形だ。

敵兵士と戦うフリをして、上手く抜けてきたのか！

現在、女の背後を守る者は皆無。

さすが精鋭！

そう思っていたのだが、女はバルベルデ伍長の方を振り返ると、不敵な笑みを浮かべる。

「ずいぶんと遅かったのね。来ないのかと思ったわよ？」

女が何かをばら撒《ま》いた。

丸いものが床を転がり、伍長が足を止めて目を見開く。

「禁固の檻か!?」

地面に落ちた禁固の檻が光を放った。

――と、二本足で立つトカゲが姿を現した。

バルベルデ伍長は「魔物だと!?」と驚愕を露《あらわ》にしながらも、そいつに向かって拳を振るう。

しかしそれはトカゲが手に持つ槍によって受け止められた。

「平民よりも丈夫で扱いやすいの。そこにいる落ちこぼれのように、逃げることもないしね」

女はそう口にすると、禁固の檻をさらにいくつか地面にばら撒いた。

そこから現れたトカゲは半円状の陣形を作り、巨大な太い槍をバルベルデ伍長たちに向ける。

「奇襲に奇襲で返される気分はどうかしら？」

「……バレてたってわけか」

「やはり平民はバカね。隙を作っておびき寄せたに決まっているでしょう？」

トカゲたちは太い槍を突き出した。

それをギリギリで避け、バルベルデ伍長は拳をトカゲの腹に打ち込んだが、ダメージはなさそうだ。

「くそ……拳に電撃を纏わせていたんだが、効かねぇか」

バルベルデ伍長はヤスヒロ上等兵と視線を交わし、大きく後ろに跳んだ。

「あら？　もう終わりかしら？　おかわりもあるわよ？」

余裕の笑みを浮かべてから、女は自分の周囲にさらに禁固の檻を転がす。

五十体を超える魔物が女の周囲を囲む。

「備えあれば憂いなし、ね。勉強になったかしら？」

バルベルデ伍長とヤスヒロ上等兵は、そんな女の言葉を聞きつつ俺たちに合流した。

そして、俺に向かって聞く。

「さて、ここまで戻ってくれれば問題なく支援魔法の効力を得られるんだよな？」

俺はそれに対して頷き、口を開く。

「リリ、全員に〈パワーアップ〉をかけてくれ！　教官は剣を使ってリリに魔力を分け与えてください！」

「分かりました！　〈パワーアップ〉を起動します！」

「任せておけい！」

ルルベール教官とモチヅキ隊長を襲っていた兵士は、バルベルデ伍長の強襲に気を取られたことで動きを止めた。二人はその隙をついて、こっちに戻ってきていたのだ。

現状、リリの魔力だけではこの場にいる味方全員に支援魔法をかけるなんて、できない。

だが、ルルベール教官に魔力を分けてもらえば、話は別だ。

「ふむ、やはり規格外じゃの」

支援魔法が全員にかかったのを見て、教官はニヤリと笑う。

そして、前方に向かって思い切り剣を振るった。

すると兵士もトカゲも吹き飛び、女までの道が開ける。

モチヅキ隊長が空いた道に向かって駆け出した。

「こんな子がいるのであれば、我々の未来は安泰《あんたい》ですね」

なんて言いながら、あっという間に女に肉薄した。

そんなタイミングで、リリが口を開く。

「〈スピードアップ〉を起動します！」

ただでさえ速いモチヅキ隊長の動きが、さらに速くなる。

「失礼、私の想像以上でした。帝国は飛躍しますな」

そう口にしつつ振るったナイフは、しかしトカゲ三体に防がれる。

やはり、数が多い！

モチヅキ隊長一人だけで崩し切るのは難しいだろう。

それに、吹き飛んだ兵士もトカゲも戻ってきている。

どうにか第三弓兵隊が抑えているが、あと一歩女に攻撃を通すには足らない。

俺は言う。

「マルリア、モチヅキ隊長を援護するんだ！」

マルリアは頷き、女に向かって駆け出した。

そんな彼女にトカゲが突きを放つが――

「後ろはお姉さんに任せて～！」

突きの軌道が大きくずれた。

フィオランが槍の先にピンポイントで矢を当て、軌道を逸らしたのだ。

「ほんと、頼もしい味方よね！」

「でしょでしょ！　お姉さん大勝利!!」

それからも、フィオランの援護を受けつつ、マルリアは走り続け――モチヅキ隊長に追いついた。

それを見て、未だ俺の近くで魔物や兵士を捌き続けていたバルベルデ伍長が声を上げる。

「おい、ヤスヒロ！　俺たちがビリだぞ!?　お前、先輩の自覚はあんのか!?」

「ええっ!?　俺っちのせいっすか!?」

「当たり前だ……が、相手は神の弟子だからな。仕方ねえか」

「そうっすよ！　教官たちは置いといて、少女たちの動きはマジでやばいっす！」

ヤスヒロ上等兵はそうボヤキながら、迫り来る二本の槍を短剣で受けた。

「凡人に対する配慮ってやつを希望するっすよ！　手加減してほしいっす！」

なんて言いながら、ヤスヒロ上等兵は受けていた二本の槍を一瞬にして糸で縛る。

「シルクスパイダーの糸を引きちぎるだけの力はないみたいっすね」

「得物を手放すことすらしねぇな」

そう口にしつつ、バルベルデ伍長もヤスヒロ上等兵と同じように槍を糸でひとまとめにする。

それからは、一瞬だった。

目にも留まらぬ速さで敵の兵士やトカゲを無力化しながら、どんどん二人は前へ進んでいく。

やがてバルベルデ伍長とヤスヒロ上等兵も、前方で女に刃を突き立てんと悪戦苦闘しているモチヅキ隊長とマルリアに追いついた。

「こっちは普通の人間なんでな。悪いがこのくらいの遅刻は勘弁してくれや」

そう言いながら、バルベルデ伍長は握り締めた拳に雷を纏わせた。

モチヅキ隊長とマルリアが敵をどかし続けたお陰で、女の前にいるのは兵士とトカゲが一人と一体ずつ。対してこちらは四方向からの同時攻撃だ。

「さぁ！　チェックメイトだぜ！」

そんなバルベルデ伍長の言葉とともに、四人が女に飛びかかった。

マルリアとヤスヒロ上等兵の攻撃は防がれたものの、残る二人の攻撃が女の首に吸い込まれていく。

女の手から蛇柄の扇子が落ちた。

扇子の先が地面に触れ――禍々しい魔力が荒れ狂う。

「――全員退避を!!」

俺の叫び声を聞いて、前線の四人は足を止める。

そして攻撃をやめ、一斉に女から距離を取った。

「貴族は奥の手を持ち続けるものよ」

女の足元には禍々しい魔法陣が広がっている。

俺は、そこに鑑定の魔力を向ける。

【名　前】生贄の魔法陣

「鬼の時の魔法陣と同じものです！」

先程まではルルベール教官に魔力を分けてもらわないと鑑定が使えなかったのに、今はそうじゃないみたいだ。

以前もそうだったが、生贄の魔法陣を起動すると術者側は他の魔法を使えなくなるのか？

いや、それよりも今は目の前の危機だ。あれに触れれば、一瞬で命を奪われる。

鬼の時と同じであれば数分後には魔法陣が広がりはじめ、いずれはこの部屋を覆い尽くすはずだ。

唯一の出口は俺たちが入ってきた扉だが――

「その先にも敵がいる、と」

やはり、兵を突入させなかったのは作戦だったか。

「隙を見せて攻めさせた。そういうことですか？」

「ええ。勝ちを確信させてから絶望に突き落とすのが一番楽しいもの」

女はそう口にしつつ蛇柄の扇子を拾い上げ、先端を祭壇に向ける。

すると、兵士たちが祭壇へと続く道を開けた。

「処刑される前の祈りは済ませたかしら？　真摯に祈れば、神様が助けてくれるかもしれないわよ？」

「……ずいぶんと魅力的な提案ですね」

そんな絶望的な状況の中、マルリアが女に背を向けて駆け出す。

向かう先は祭壇ではなく、地面に転がっているサーラ。

「援護をお願い！」

「殺しなさい！」

そんな女の声に呼応するように兵士たちはマルリアに襲いかかった――が、ルルベール教官やフィオランの援護によってそれらは全て弾かれた。

やがてマルリアはサーラの元に辿り着く。

マルリアがロープをほどき始めると、サーラが不思議そうに聞く。

「……何をしてるの？」

「聞いてたでしょ？　あの魔法陣に触れるとヤバいのよ」

手早くロープを外し、そのままサーラに背を向けた。

ナイフを両手で持ち、鋭い目を女に向ける。

「一緒に逃げるか、あの女を倒すか、今すぐ決めて」

サーラの手元で魔道具の詰まった袋が、ジャラリと音を立てた。

「敵対する理由はもうない。違う？」

「……違ってない」

サーラの手が袋の口をぎゅっと握る。

そんなサーラに向けて、マルリアが微笑んだ。

「ちなみにだけど、私もそれに閉じ込められたことがあるわ。優秀な弟が、外に出してくれたけどね」

サーラの目が大きく開いて、瞳に力が籠もった。

「兄も出られる……？」

「ええ。ライバルである私が保証するわ」

生贄の魔法陣。周囲の敵。遠くにある扉。手元にある袋と女の顔。

それらを流し見たあとで、サーラは袋を持つ手を伸ばした。

「持ってて。剣が振れない」

「任せなさい！　私の背中、預けていいのよね？　この人形たちを食い止めるわよ！」

「ん」

マルリアは袋をポシェットにしまった。

そして、彼女とサーラは背中を合わせる。

「頼もしい味方が増えたな」

そんなタイミングで生贄の魔法陣が拡大しはじめた。

女が、鋭い視線を俺に向ける。

「使えない平民を引き入れて、戦力が増えた？　理解に苦しむわね」

「人形遊びしかできないあなたに理解できるとは、ハナから思っていませんよ。そしてそれがこの状況を覆す、鍵になる」

俺は、不敵に笑ってみせた。

4　実力主義の作戦

現状で取れる選択肢は二つある。敵を蹴散らして脱出するか、隣の部屋の敵が攻めてこない状況を活かして、先にこちらの部屋の敵を倒してから脱出するか、だ。ただ、敵はこちらの四倍以上もの数がいて、扉の外も敵だらけ。前者は現実的とは言えないだろうな。

「鬼の時のように、魔法陣を消せればいいんだが」

あれは、敵の油断と偶然が重なって起きた奇跡のようなものだ。こちらが鑑定できると思わず、

攻撃範囲まで近付いてくるだなんてこと、二度起きるとは思えない。

だったら奇跡は期待せず、実力で仕留めるしかないってわけか。

「伍長、何か考えはありませんか？」

「用意してあるぜ。神の前で披露《ひろう》するのは気が引けるがな」

あの時は全員が死ぬ直前まで追い詰められて、一歩間違えれば全滅という状況だった。

精鋭であるバルベルデ伍長が、それに対して対策を講じていないわけがないだろうと踏んで聞いてみたが……さすがだな。

「それにしても、もうコイツは見たくなかったぜ。黒くて気味がわりぃしよ」

そうボヤきながらバルベルデ伍長は懐《ふところ》に手を入れて、三本のナイフを取り出す。

そしてそれを魔法陣に向かって投擲した。

俺は魔法陣に突き刺さった三本のナイフを鑑定する。

【名　前】投げナイフ

【名　前】魔封じのナイフ

【名　前】魔力強化ナイフ

そのうちの二本は黒い液体がまとわりついて、跡形もなく消え去った。

しかし一本は、そのまま魔法陣に突き刺さった。

残ったナイフはただの投げナイフである。

「やっぱ付与効果に反応してんだな。行けるな？」

「もちろんっすよ！」

ヤスヒロ上等兵は、次々と魔法陣の中に投げナイフを投げ入れる。

魔法陣の中に何本もの投げナイフが突き立てられた。

そのナイフの柄を目掛けて、バルベルデ伍長が跳ぶ。

柄の上に着地した伍長が言う。

「贄にされちまう条件は、魔法陣が描かれた地面に直接触れていること。だから、こうして足場を作っちまえばいい。そして、術者にダメージを与えれば魔法陣は消える。それは今回も変わらねぇよなぁ!?」

バルベルデ伍長の拳が、電撃を纏う。

そして彼はそのまま器用に柄を跳び移りながら女に迫り、その腹目掛けて拳を振り上げる。

俺は再度鑑定を使い――口を開く。

「フィオラン！　女の靴を狙えるか？」

「靴!?　うん！」

バルベルデ伍長が拳を振るう。

女は蛇柄の扇子を開き、伍長の拳を受け止めた。

「平民にしては考えたみたいだけど、所詮はただの浅知恵ね」

気味の悪い魔力が女の周囲に溢れ、開いた扇子に流れ込む。

「圧倒的な力の前では無力よ」

再び拳を握るバルベルデ伍長を前に、女がクスリと肩を揺らす。

「私を殴ることはできそうかしら？」

「さぁな！」

再度、バルベルデ伍長が電撃を纏った拳を振り抜く。

しかしそれも扇子で受け流される。

伍長の体が泳ぐ。

その脇腹に扇子による反撃が迫る。

そのタイミングで、フィオランの矢が放たれる。

女は笑みを消し、慌てて後ろに跳んで矢を避けた。

それを見て体勢を立て直したバルベルデ伍長が距離を詰める。

しかし、彼が進む先にナイフはない。

そう思った時には、既にヤスヒロ上等兵がナイフを投げ終えていた。

新たにできた足場に着地しつつ、伍長が拳を振るう。

「矢が怖いのか？　それとも靴か足が弱点なのか？」

女はバルベルデ伍長を無言で睨み返す。

そんな中で、教官が声を張り上げた。

「敵の底は知れた！　各自、周囲の敵を止めよ！」

教官は巨大な剣で近くの床を大きくくり抜く。

そしてくり抜いたそれを抱えて、教官は獰猛《どうもう》な笑みを浮かべる。

「ナイフを足場にするとは、面白い発想じゃな」

そう口にすると、バルベルデ伍長目掛けてくり抜いた床をぶん投げた。

「は——!?」

「教官——!?」

戸惑う俺と伍長を尻目に、教官が笑う。

「砕けばよい！」

「——ふざけんなよ、マジで」

バルベルデ伍長は女に背を向け、構えた。

そして飛来する床――もとい、石の塊に向かってジャンプし、拳を振るう。

石の塊を砕いて、魔法陣の外に着地した伍長が、振り向きながら肩をすくめた。

「神もやべーが、教官もやっぱやべーな。発想が人間じゃねぇだろ」

砕けた床が魔法陣の上に散らばっている。

これで、だいぶ魔法陣の中を移動しやすくなったはずだ。

そして、ルルベール教官の狙いはそれだけじゃない。

フィオランの矢が、女に迫っている。

岩がブラインドの役割を果たして矢を視認できなかったのだろう、女が目を見開く。

それでもギリギリで矢を躱《かわ》す。

フィオランは悔しがる素振りも見せずに、矢を再度番える。

その姿を横目に見ながら、バルベルデ伍長が声を低めて聞いてくる。

「靴を狙う理由は？」

「あくまで仮説ですが、魔法陣の上に立てる理由が、あの靴にあるんだと思います」

鑑定をかけた結果、その正体までは分からなかったものの、他の衣服と違ってあの靴が女の魔力を纏っていないことを知った。

鬼と戦っている時は魔法陣ばかりに気を取られていたが、あの時も、敵は同じような靴を履いていた気がする。それに何より――

「あの靴は、何度も履かれているんです」

「あん？　どういう意味だ？」

「どうにも、王国の貴族らしくないんですよ」

直属の上司だった男も、過去に接待した貴族も、一度履いた靴は全て処分していた。

俺たちの頭を叩くために使った靴ですら、すぐ捨てるレベルだ。

「特別な靴だから、使い捨てられないんだと思います」

「なるほどな……よし、じゃあ俺たちも仕掛けるぞ、ヤスヒロ！」

「はいっす！」

バルベルデ伍長たちは、左右に分かれて攻めるようだ。

そして、ルルベール教官がその間を駆ける形で女に迫る。

リリの支援を受けながら石の上を駆け、巨大な剣を振るう。

三方向から同時に攻撃を仕掛けるが、女は扇子でそれらを捌き切る。

それから一拍遅れてフィオランの矢が女の足元に飛んだが、足を引くことで回避。

それを見たヤスヒロ上等兵は、ナイフを引いた足に向かって投げつける。

「平民風情が調子に乗りすぎね！」

声を荒らげながら、女は後ろに跳ぶ。

しかしヤスヒロ上等兵はニヤリと笑った。

「跳んで良かったんすか？　狙われてるっすよ？」

矢が女の靴底に触れる。

フィオランは時間差で矢を二本放っていた。

女の靴が破れ、生贄の魔法陣が消える。

どうやら魔法陣を消すためには、陣そのものを破壊するか、術者にダメージを与えるか、あるいは靴を破壊すればよかったらしい。

女は苛立ったように、靴を脱ぎ捨てた。

「生贄は欲しかったけれど、元々それなりに集まってはいたし、まぁいいでしょう」

女の周囲に黒い霧が発生する。

ルルベール教官が剣を振るうが、黒い霧はそれを弾く。

「鬼が纏っていた霧と同じじゃな」

教官はそう呟いた。

以前、この黒い霧が発生した際には、同時に不可視の敵が何体も周囲に現れた。

それらを同時に倒すことで、黒い霧を弱体化させたのだ。

今回も、同様に対処すればいい。

そう思い、俺はこの部屋全体に鑑定をかけたのだが――

「アルト准尉、例の敵は？」

「いえ、どこにも……」

「む……？」

女は俺たちを見て、クスリと笑った。

「金庫の側に鍵を置くのは、バカと平民だけよ」

「……なるほど」

俺の鑑定魔法を知っているが故に、むしろそいつらを戦わせるのではなく、隠すことを選んだのか。

俺はより鑑定の範囲を広げ——奥歯を噛んだ。

「隣の部屋ですか？」

「よく見つけたわね。正解よ」

敵が大量にいる部屋の中に、不可視の敵がいる。

「数は十体。倒せるかしら？」

倒せるわけがない。仮に倒せたとしても、時間が相当かかるだろう。

その間に女は何かを仕掛けてくるに違いない。

「果実の収穫を始めましょう」

女はそう口にすると、散歩でもするかのように歩き始める。

視線の先には怪しげな祭壇がある。

ルルベール教官は女の前に回り込み、剣を振るう。

バルベルデ伍長たちは左右から、モチヅキ隊長は後ろから攻撃を仕掛ける。

だがそれを無視して、女は優雅に歩き続ける。

「言ったでしょ？　圧倒的な力の前では全てが無力なの。アリがゾウに勝てると思っているのかしら」

だが、全くの無駄というわけでもなさそうだ。

「女の魔力に揺れが見えます。そのまま攻撃を続けてください！」

優雅に歩く仕草も、笑みを形作る口元も、虚勢なのだろう。

おそらくは、弱点になる鍵を遠くに配置した弊害《へいがい》。

ルルベール教官たちが攻撃する度に、徐々に黒い霧が薄まっていく。

ゆっくりと歩いているのも、そうしないと防御がままならないからか⁉

「威力より手数を優先。敵の視界を塞ぐ攻撃を増やしてください！」

「承知したわい！」

それでも、全てを削りきれるとは思えない。

魔力が切れるより先に、女が祭壇に辿り着いてしまうだろう。

俺は、叫ぶ。

「リリ！　フィオラン！　マルリア！　援護を頼む！」

「はい！」

「うん！」

「任せなさい！」

女は祭壇に行って、何をしようとしているのか？

足止めをしてもらっている間に、鑑定士である俺が見定めればいい。

絶えず攻撃を続けているルベール教官たちの姿を横目に見ながら、祭壇に向かって走り出す。

祭壇の周囲に敵はいない。

誘い込むようだ、と思った。

だが、罠でもなんでも今は動かないと！

「あら？　あなたも神の一部になりたいのかしら」

「いえ、普通に鑑定するだけですよ」

俺は魔力を練り、シルバーのブレスレットに注ぎ込む。

鑑定することで、祭壇に大きな変化が現れるかもしれない。

そんな不安を無視して俺は叫んだ。

「全員、警戒を‼」

そして俺は、祭壇の鑑定に成功した。

【名　前】隠蔽《いんぺい》の祭壇
【製作者】蛇の末裔
【補　足】鑑定魔法を欺くために作られた祭壇。
現在は効力を失っている。

これが、ここに潜入した際に俺の鑑定を狂わせていた原因か。

祭壇の中央に黒い霧が集まり、渦状《うずじょう》に回り始める。

そして中から、黒い短剣を持つガイコツが次々と湧き始めた。

そのうち二体が祭壇の裏手に行き、大きな黒い玉を取って戻ってきた。

それ以外のガイコツは、俺に向かって突進してくる。

俺はそいつらを短剣で捌きながら、女に向けて口を開く。

「あの黒い玉が本命ですか？」

女は余裕の表情だ。

「さぁ？　鑑定してみたらいいじゃない」

「……そうですね」

俺は言われた通り、鑑定をかける。

【名　前】生贄の？？？？
【製作者】蛇の末裔
【贄　数】？？？？
【補　足】邪神を復活させるために作られたもの。
　　　　　魔力の多い生贄が集められている。

？？？？と邪神の文字。

女の反応が気になるが、あの黒い玉は早めに確保すべきだ。

「フィオラン、ガイコツの排除を！」

「うん！　お姉さんに任せて！」

それからフィオランは、弓を撃ち始める。

頼もしいな。

俺はそんなふうに思いながら、祭壇の奥へと足を進める。

焦る気持ちを抑えながら床を強く踏み締め、前へ。

そして、目の前にいるガイコツに魔力をぶつけた。

すると――

【名　前】邪神の欠片
【ランク】C
【状　態】生命力：234／234
【補　足】肩と脚の関節が弱点。
　　　　　首や頭部などへの攻撃は無効化される。

手応えのなさに不安が残るが、ガイコツの弱点は知れた。

俺は口を開く。

「フィオラン、敵の関節を狙ってくれ！」

「うん！」

すると、ガイコツがこちらに突進してくる。

そして、黒い短剣をこちらへと振るう。

気味の悪い武器だな。

そう思いつつ攻撃を紙一重で避けて、ガイコツの肩を斬り裂く。

呆気なく霧散するガイコツを横目に見ながら、左右から迫る攻撃を体を反らして避ける。

続いて、目の前を通りすぎる黒い短剣に、膨大な魔力を向ける。

【名　前】生贄の短剣
【製作者】蛇の末裔
【贄　数】0
【補　足】触れた者を閉じ込める短剣。
邪神の魔力が付与されている。

一撃でも食らえばアウトか。
敵は、黒い玉を持つガイコツを守るように動きながら攻撃を仕掛けてくる。
俺一人だったら攻撃を掻い潜るのは無理だったろうが、フィオランがいれば問題ない。
そんなふうに思っていたのだが、ガイコツは不可思議なアクションを取る。
迫り来る矢に向けて頭を突き出したのだ。矢は頭に当たり、鏃《やじり》から砕け散る。
「ウソでしょっ⁉」
フィオランがそう叫ぶのも仕方がない。
関節が弱点だとはいえ、頭を盾に突撃してくるだなんて、予想外すぎるだろ。
驚きのあまり、俺は一瞬動きを止めた。
そんな俺に向けて、後ろの方にいたガイコツが黒い短剣を投げてくる。

「アルト様！」

リリの声にハッとして、俺は体勢を崩しながらそれを避けて床を転がった。

顔を上げた先に、両手を広げて突進してくるガイコツが見える。

これは避けられない！

「当たって!!」

そんな言葉のあと、ガイコツの肩に矢が刺さった。

俺は慌てて立ち上がり、周囲に魔力を向けた。

「……どうにかなったか」

文字通りの間一髪。

冷や汗で全身が濡れ、心臓が大きく脈打っている。

一旦大きく後退した。

そんな俺に向かって、フィオランが遠くから叫ぶ。

「アルトくん！　大丈夫!?」

「ああ、助かったよ！」

とはいえ、やはり俺一人で黒い玉を確保するのはもう無理だな。

「ごめんね。お姉さんの矢が防がれちゃったせいで」

「いや。フィオランが悪いわけじゃないよ」

フィオランの矢が防がれることを想定せず、無謀な突撃をかけた俺が悪い。

いや、この場合は、敵の策にハマったというべきか。

俺は女に視線を向ける。

もう祭壇までの距離はあまりない。こうなったら、仕方ないな……

「教官たちは、一度こっちへ戻ってきてください！　祭壇にそれ以上近付くのは危険です！」

女はそれに対してにやりと笑う。

「あら、もういいの？　それじゃあ、ありがたく祭壇に向かわせてもらうわね。では——始めましょう」

その言葉に反応して、ガイコツのおよそ半数が隙間なく体をくっつける。

ガイコツの壁——そう形容するのがしっくりくるような形状になったガイコツたちの背後で、禍々しい魔力が吹き荒れるのを感じる。

「邪神と同じ魔力か……」

鬼、蛇、巨大な狼。敵が神と崇めていたものと同じ気配を感じる。

どうにか鑑定しようとする俺を尻目に、女は蛇柄の扇子を開いた。

「出てきていいわ」

黒い霧が噴き上がる。禍々しい魔力と血の臭いがする。

やがて黒い霧は全ての敵を包み、防御する。それでも残った霧は輪になった。

そしてその中から、巨大な骨の蛇が顔を出す。

「蛇……」

入学試験で戦った蛇の骨バージョンといった風体の化物が、祭壇を抱えるようにとぐろを巻く。

「平民らしく、必死に抗いなさい」

【名　前】骨の邪竜
【状　態】生命力：1000／1000
【贄　数】70
【製作者】蛇の末裔
【補　足】蛇の末裔が作った人造魔族。
体の中央に生命維持の要を持つ。

蛇の末裔、人造魔族、生命維持の要。

見えた鑑定結果には気になる箇所が多くある。だが、それ以上に——

「鑑定がきいた……？」

これまで、こういった敵には鑑定が通じないことが常だった。

なのに、今回は俺の力だけで鑑定できてしまった。

俺が成長したということ……だったらいいんだが。

動揺の最中、俺は改めて骨の蛇に視線を向ける。

すると体の中央に、紫色の石が妖しく光っているのが見えた。

【名　前】邪竜の要石《かなめいし》
【ランク】S
【価　格】測定不可

こっちも、普通に鑑定できた。

「……鑑定できました。紫色の石が弱点です」

そう言葉にしながらも、違和感が渦巻く。気持ち悪さを拭えない。

巨大な剣を構えたルルベール教官は、骨の蛇を見据えながら唸《うな》った。

「……ずいぶんと主張が強い弱点じゃな」

その言葉通り、〝ここを狙え〟とばかりに敵の弱点が妖しく光っている。

あからさますぎて……罠にも見える。

どうする？　無策で突っ込むには、リスクが高すぎる。教官の剣を借りて再度鑑定するか……？

あれこれ考えていると、女が嘲《あざけ》るように言った。

「時間切れね」

骨の蛇が鋭い牙を祭壇に突き立てた。

そして、ガイコツが持っていたものの十倍はありそうな黒い玉を掘り起こし、口に加えた。

「情報に惑わされて動けなくなるのは、鑑定士の悪い癖ね」

そんな皮肉を聞き流しながら、黒い玉に魔力を向ける。しかし魔力は黒い玉をすり抜けていった。

「あの玉に最大限の注意を‼」

目立つ祭壇もガイコツも骨の蛇も、中に隠したあの黒い玉から目を逸らすためのもの。

本命は、あの黒い玉だったのか。

ニヤリと笑う女の口元が、その推測を裏付けている。

「あら、警戒するだけでいいのかしら？」

骨の蛇はとぐろを巻き直し、口にくわえた黒い玉を今なお吹き荒れる黒い霧の渦に近付けた。

渦の色が薄まり、ゆっくりと黒い玉の中に吸い込まれていく。

それと同時に、周囲のガイコツが蛇に姿を変えて、黒い玉の中へ集まっていく。

蛇は、黒い玉の中に溶けていった。

「……何を？」

全力の魔力を向けるが、状況を打破する取っ掛かりすら見えない。

そんな中で、フィオランの矢が飛んだ。真っ直ぐに飛んだ矢は、そのまま怪しい黒い玉に向かう。

しかし骨の蛇が顔を振るって叩き落としたことで、矢は当たらなかった。

俺は叫ぶ。

「もう一回！」

黒い玉への攻撃を嫌った。そう見るべきだと思う。

続けて撃たれた矢を、骨の蛇が体を張って止めたことも、それを裏付ける。

「ヤスヒロ！」

「うっす！」

それを好機と見たバルベルデ伍長とヤスヒロ上等兵が祭壇に向けて走り出す。

そんな伍長たちを眺めつつ、女は扇子の先をトントンと叩いた。

【名　前】呪詛《じゅそ》の魔霊石《まれいせき》
【贄　数】74
【製作者】蛇の末裔
【スキル】〈邪神の加護〉〈生贄の魔法陣〉
【補　足】邪神を召喚する媒介であり、生贄を保管する石。
召喚される邪神の力は、贄数に比例する。

「は……？」

すり抜け続けていた魔力が、何故か黒い玉をとらえていた。

黒い玉は、黒い霧の渦や蛇になったガイコツを吸い込み続けている。

「どういうことだ……？」

何よりも欲しかった情報だが、気味の悪さがぬぐえない。

こちらの動きを窺うような女の態度や魔物の動きが、それを更に倍増させる。

そんな中、驚くべきことが起こった。

【贄数】82

「生贄の数が増えている……？」

蛇や黒い霧が黒い玉に吸い込まれるたびに、贄数が増えていく。

まさかこいつらも贄数にカウントされるなんて……

『召喚される邪神は、生贄の魔力量に比例する』

そう表示される検定結果を睨みながら、短剣を握り締めた。

「玉の確保を最優先！　骨の蛇に全員で攻撃を!!」

骨の蛇にしたって、贄数は70を誇る。

だが黒い玉はそれを軽く上回り、なおも増え続けている。

骨の蛇ですら強力な邪神を召喚するまでのつなぎ。そういうことだろう。

「正面は儂が蹴散らす！　よいな！」

「うっす！」

「お願いするっすよ！」

ルルベール教官を先頭に、バルベルデ伍長やヤスヒロ上等兵、モチヅキ隊長が突っ込んでいく。

第三弓兵隊は彼らを援護するように一斉に矢を放ったが、そのほとんどが骨の蛇に防がれた。

「そのまま骨の弱点を狙って――」

撃ち続けてください！　と言葉を続けようとしたが、瞬間、部屋の中に気持ちの悪い魔力が吹き荒れた。

身構える俺を尻目に、マルリアの声が響く。

「ちょっと、待ちなさいよ！」

慌てて振り向くと、マルリアと対峙していた敵兵士全てが、こちらに向けて走り出していた。

それだけじゃない。

トカゲも、退路を塞いでいた敵兵士も、部屋にいた全ての敵が、俺やルルベール教官たち目掛けて駆けてきている。

「チッ……!!」

俺たちを叩こうって魂胆か！

舌打ちしながら、背後から迫る兵士に短剣を向ける。

しかし、兵士は俺の横を走り抜けていった。

そのままルルベール教官たちすら追い越して、祭壇へ。

狙いは俺たちじゃない。

とするならば――

「生贄にするつもりか!!」

「見破るのが早いわね。さすがは鑑定士」

どう考えても皮肉だろう。

女は続けてパチンと指を鳴らす。

すると、新たに小さな黒い玉が現れた。

駆けつけてきた敵は小さな蛇に姿を変え、その小さな黒い玉の中へと消えていく。

「生け贄の目標は、１００でいいかしら」

小さな黒い玉の贄数は、62。

それでもなお、１００という数字を出してきたのは、それだけの贄数を生み出せる目算があるということなのか。

焦る気持ちを抑え、まだ黒い玉の中に飛び込めていない小さな蛇に魔力を向ける。

【名　前】生贄の蛇
【ランク】C
【状　態】生命力：２００／２００
【補　足】????が弱点。????以外への攻撃は、無効化される。
　　　　邪神の加護により、一体で4の贄数になる。

部屋の中にはまだ敵が百体以上いる。

それら全てが贄数４の生贄の蛇に変身するのか。

入学試験の蛇の贄数が16。

鬼が70だった。

「鬼の七倍以上……」

冷や汗が止まらない俺の足下を、小さな蛇の大群が通り抜けていく。

「教官たちは玉を確保してください！　残りは小さな蛇の足止めを！」

全てを止めることは無理でも、数を減らさないといけない！

このままでは手に負えなくなる！

そんな思いを胸に、小さな蛇に全力の魔力を向けた。

【名　前】生贄の蛇
【補　足】？？？？が弱点。

弱点だけに絞って鑑定しても、ダメだ。

ルルベール教官の剣があれば鑑定できそうだが、教官は前線の要だ。

今退いてもらったら、いよいよ詰む。

「どうにかしないと……」

内臓が浮き上がるような錯覚を感じながら、足元を通り抜ける小さな蛇に短剣を投げつけて進路を塞ぐ。しかし、小さな蛇はその上を飛び越えていく。

時間がない！　どうにか敵の弱点を――

そう思う中で、背後から声が聞こえた。

「アルト様!!」

慌てて振り向いた先に見えたのは、優しく微笑むリリの姿。

「大丈夫です。いつものアルト様なら、絶対に大丈夫です」

「リリの言う通りね。どう考えても、焦りすぎよ」

「可愛いアルトくんは、お姉さんがよしよししてあげるね～」

マルリアがわざとらしく肩をすくめ、フィオランは何故か目を輝かせていた。

彼女たちはさらに言葉を重ねる。

「アルト様なら大丈夫です」

「そうね。いつも通りドンと構えてなさい」

「お姉さん的には、可愛いアルトくんも、ありよりのあり！」

焦っている。

普段と違う。

落ち着いた方がいい。

そうか、彼女たちは俺を本気で心配しているんだ。

「大きく深呼吸をしてから、ゆっくりと周りを見なさい。これは命令よ」

俺は深呼吸して、周囲をもう一度見る。

「……戦力は、整っているよな」

贅数の増加は気になるが、こちらは実力者ばかりだ。

ルルベール教官やバルベルデ隊長を筆頭に、バカみたいに強い傑物《けつぶつ》が揃っている。

地上に残ったマイロくんたちも、それぞれが実力を発揮して適切に動いているはずだ。

「焦り、か……」

敵の動きしか見えず、仲間の位置すら把握していなかった。

反論の言葉なんて、あるはずがない。

「敵の斜め上を行って無茶苦茶にする。それがいつものあんたでしょ？」

「……そうだな」

心を落ち着かせながら軽く目を閉じて、仲間たちを鑑定する。

第三弓兵隊も含めた全員が、七割以上の魔力を残している。

ケガで脱落した者もいない。疲れは見えるが、全員元気そうだ。

そんな中で、気になる名前を見つけた。

【名　前】エマ
【技　術】弓術：7／16　属性弓：16／16
炎魔法：2／16　水魔法：1／16

「エマ上等兵？」

彼女はすぐ後ろにいた。

「はい。お久しぶりです、妖精《ようせい》さん」

妖精さん呼びも気になるが、何故ここに？

「魔法少女にして頂いたお礼に来ました」

「……えーっと？」

意味が分かりませんが？

「すいません、分かりにくかったですよね。強くしてくださったお礼をしたくて、参戦させていただいたんです」

「……なるほど？」

さっきバルベルデ伍長も同じようなことを言っていた気がするが、エマ上等兵を強くした記憶なんてないんだが？

とりあえず分かるのは、『教官が声をかけて、伍長たちと一緒に敵だったサーラを見張っていた』ということだろう。

バルベルデ伍長がガイコツを殴りながら声をかけてきた。

「神様のおかげで魔法少女になれたって宣言して、属性弓《ぞくせいゆみ》を積極的に使い始めたらしいぜ？　それによって、あり得ねぇほど成果を上げてんだ」

「神様ではありません！　魔法少女にしてくれる妖精さんです！」

「……お、おう。なんかすまん」

「私は妖精さんに出会って魔法少女になったんです！　……まだ変身はできませんが」

そう言いながらも胸を張り、エマさんは矢を放った。

矢は骨の蛇に刺さり、炎上する。

属性弓は矢に魔力を付与して放つ技。そしてそれによって生み出された矢は属性矢《ぞくせいや》という。

なんだか前よりもかなりキャラがおかしくなっているような気がするが、属性弓の技術レベルが16／16にまで上がっているのを見るに――

「強くなりましたね」

あの時と比べると、全ての技術が伸びている。

その中でも、生み出せる矢の性質が変わっていることが一番の変化だろう。

【名　前】炎の属性矢・中
【製作者】エマ
【ランク】A
【価　格】2万8000エン
【補　足】半径1メートルの範囲に、炎を生じさせる。
使用者は弓術5以上の者に制限されている。

かつてはエマさんしか生み出した矢を放てなかったが、弓の技術を持つ者なら誰でも撃てるようになっている。

前線で活躍しながら研鑽《けんさん》を積み続けた結果だろう。

「本当にすごいと思いますよ」

「ありがとうございます、妖精さん！」

妖精さん、変身、魔法少女……これらに関してはノーコメントで。

色々と吹っ切れたらしいけど、どこに地雷が埋まっているか分からないからな。

そんなことを思いながら、敵の様子を見る。

【賛数】101

目標の100を超えている——が、目立った変化はない。

形態変化するわけでなければ、策はある。

俺はにやりと笑う。

「可愛いアルトくんが、いつものアルトくんになったかな〜？」

「ですね！」

「本当に、手がかかる上司よね」

頼もしい仲間の声を背中で聞きながら、俺は大きく息を吸い込む。

「全員、攻撃の手を止めてください！」

5　反撃の時間

警戒する女の姿を横目に見ながら、俺はゆっくりと息を吐いた。

そして肩の凝りをほぐしながら言う。

「教官たちは、骨の蛇を囲ってください」

「……ほぉ？」

チラリと振り向いてから、ルルベール教官は首を傾げた。

「黒い玉と小さな蛇は無視する。そういうことじゃな？」

「ええ。骨の蛇を倒すことだけに注力してください」

「承知したわい」

ルルベール教官はそう口にしながら、後ろに跳んだ。

そんな教官の動きに合わせてモチヅキ隊長たちも少し後退し、祭壇を囲むように移動する。

だけどモチヅキ隊長は、どうにも戸惑っているように見える。

「玉に蛇を集められるとマズい。そういう話だったのでは？」

そんなモチヅキ隊長の質問に、ルルベール教官が答える。

「うむ。儂もそう記憶しているが、ここはアルト准尉に任せるのがよかろう」

「そうっすよ！　神様に従えば問題なしっす！」

「鬼を相手にした時もこんな感じだったからな。なんとかするだろ」

ヤスヒロ上等兵とバルベルデ伍長もそんなふうに納得してくれたけど……俺に対する評価が高すぎませんか？　ハードル上げすぎじゃない？

ただまぁ、素直に従ってくれるのはありがたい。

とはいえ、俺はみんなの能力も信じている。

「状況はめまぐるしく変化します。臨機応変《りんきおうへん》に対応してください。最終的には、自分の判断を優先してくださってかまいません」

「うむ、承知した！」

心強い声に背中を押されながら、ルルベール教官たちに背を向ける。

次は退路の確保だ。

「サーラは隣の部屋から敵が加勢してこないか、見張っていてくれ。万一隣の部屋から敵が来たら、増援を呼びつつ、時間稼ぎ。一人でできそうか？」

「……私？」

「ああ」

ぼんやりと俺を見ていたサーラだったが、ドアの方に向き直り、剣を構える。

そんな彼女の後ろ姿が、ずいぶんと頼もしく見える。

「ん。任された」

「無理はしなくていいよ。異変があったら俺たちの近くまで引いてくれるか？」

「……ん」

さて、お次は――

「マルリア、リリ、フィオラン、エマ上等兵は、俺の傍に」

「分かったわ」

「分かりました！」

「はいはーい」

俺の部下三人は迷うことなく即答してくれたが、エマさんは驚きの声を上げる。

「……私⁉　りょ、了解です！」

これでおおよその準備はできた。

「第三弓兵隊のみなさんは、いつでも動けるように準備を！　……よろしいですね？」

そう声をかけながら、モチヅキ隊長に目を向ける。

隊長は微笑みながら頷いてくれた。

「面白い成果を期待していますよ」

「ありがとうございます」

俺は重圧をはね返すように拳を握り締め、頼もしい仲間たちを見つめる。

そうして心を整えながら、女の方に体を向けた。

「贇数は、予定通り溜まりそうですか？」

世間話でもするように女に問いかける。

視界の端に見える黒い玉は、今も小さな蛇や黒い霧の渦を吸い込み続けている。

鑑定結果に映る贇数は２６８。だが、それを見なくたって禍々しい魔力を肌に感じる。

「……ええ。あなたたちが絶望する顔を見るのが楽しみだわ」

女は口元を隠しながら笑うが、先程までの余裕はない。

焦っている。というよりは、警戒しなくなった意図が読めなくて困惑している感じか。

「その労力に見合う結果が出るといいですね。頑張ってください」

「……平民風情に言われずとも、そうさせてもらうわよ」

貴族は、煽りに弱い。

怒りに震える女は、限界まで贇数を増やすだろう。

圧倒的な戦力を見せつけて、俺たちが絶望する姿を楽しもうとするはずだ。

女に背を向けながら、大きく背伸びをする。

敵は俺の鑑定《のうりょく》や過去を知っていて、俺の行動を予想していた。そのせいで苦労したが、対処法は単純明快。敵の予想を俺が超えてしまえばいいのだ。

「それじゃあ、あの面倒な玉を破壊しますか」

敵は古い情報しか持っていなくて、俺みたいに現状を知れるわけでもない。

それに何より、亡命後の俺を知らない。

「実力主義の国で培《つちか》った、俺の実力を見せてあげますよ」

リリ、マルリア、フィオラン、エマ上等兵。集まった全員でリリの杖に触れる。

(止めてくれて助かったよ。みんなが言うように焦っていたみたいだ)

頼りない上司で申し訳ない。そう思いながら、リリたちの顔を見渡していく。

そんな俺の思いとは裏腹に、部下三人の表情は何故か嬉しそうに見えた。

(アルト様も人間なんだなって安心しました!)

(ここから挽回すればいいのよ。また面白いものを見せてくれるんでしょ?)

(可愛いアルトくんは、お姉さんがお姉さんしてあげるね!)

状況はかなり悪いが、みんなはいつも通り。本当に、心強い実力者になってくれた。

そう感じる中で、エマさんが目を白黒させている。

(頭の中に、声が……?)

そういえば、エマさんと作戦会議をするのはこれが初めてか? 俺たちとしては当たり前になっていたが、初めてこれを体験した人は驚くんだよな。

自分が落ち着く意味も込めて、説明から始めるか。

(エマ上等兵も聞こえてますね？)
(はっ、はい！　聞こえます、妖精さん‼)
……妖精さんに突っ込むべきか、引くべきか。
少し悩んだが、結果俺は無視して話を進めることにした。
(えーっと、杖に触れていると言葉にしなくても会話ができます)
我ながら説明が下手すぎるが、秘密にしなきゃいけない部分も多い。
そう思っていると、エマさんの表情が華やいだ。
(分かりました！　みんなで力を合わせて、世界を破壊する魔女を倒しましょう！)
何故敵が魔女になったんですか？　これも子供向け劇団が元ネタだったりする？
……とりあえず、これもスルーで。
(よろしくお願いします)
(はい！　魔法少女の力で、世界を平和にしましょうね！)
そんなふうにエマさんが現状を理解したところで、マルリアの声がする。
(それで？　私たちは何をしたらいいのよ？)
教官たちを助けに行かなくていいの？　マルリアの目がそう言っているように見える。
こちらからの攻撃をやめたとはいえ、敵は黒い霧によってダメージを受けない。
飛び抜けた実力者ばかりだが、ルルベール教官たちも疲労は溜まるだろう。しかし――

（俺たちは敵を挑発しながら色々と試して、ゆっくりとチャンスを待とう）

（あり得ないと思うけど、前線を見捨てる訳じゃないのよね？）

（もちろん。本当に危なくなれば助けに入るよ）

ルルベール教官たちが疲労を理由にミスをするとは思えないが、準備はしておく。

贄数も２９２まで増えているし、何が起こるか分からないしな。

溢れ出す禍々しい魔力のせいで、見ているだけで恐怖を感じる。だけど、それだけだ。

冷静になれと自分に言い聞かせながら、俺はフィオランに目を向けた。

（あの女は、俺たちに見せつけるように生贄を集め始めた。その理由はなんだと思う？）

（優越感に浸るためかな？）

（ああ。その通りだ）

入学試験で蛇を呼び出した男は、事前に贄を集めていた。

だからこの女も、あの黒い玉の中に贄を集めておくことはできたと思う。

では、何故そうしなかったのか？

（敵は、俺たちが焦る姿を見て楽しんでいる。あるいは、絶望して降伏するのを待っているんだ）

貴族としての矜持《きょうじ》か、趣味か。

その真意は読めないが、王国の貴族らしい動きだとも思う。

それゆえに、今後の動きもある程度は予想できる。

（あの女は、必死になって玉を破壊しようとする平民《おれたち》を嘲笑《あざわら》いたいはずだ。それを踏まえて考えれば、敵の動きは予想できる）

平民の行動は全て予測している――そう証明するために、俺たちを罠にはめようとするだろう。

（ガイコツの壁を越えたあとが本命ってこと？）

（ああ。俺たちを絶望に落とすようなものが待っているはずだ）

増え続ける贅数。禍々しさを増す黒い玉。その黒い玉を必死に守るガイコツの壁。

全てがより早く黒い玉を壊したくなるよう仕向ける演出だと、俺は予想している。

（前線が頑張っている隙に私たちが玉を壊せば、態勢を立て直せる……みたいなことですか？）

リリの言葉に、俺は首を横に振る。

（それができたらベストではあるが、使い捨て前提の道具にしては守りが固すぎる。ただ、それでもこうやって俺らが狙えそうな状況を演出していること、これまで俺らの攻撃を何度も誘い、それに対して反撃するような策を何度も取ってきたことから、敵の意図は読める。玉が壊されるのはまずいが、俺たちが玉に近付くことで発動する罠があるんだろう）

近付いた俺たちを一網打尽《いちもうだじん》にしたいのか、行動を制限して裏をかきたいのか。

そのどちらかの可能性が高い。

（このまま近付かなければ敵の罠は発動しない。そういうことね？）

そう口にしたマルリアに、俺は頷きを返す。

(ああ。そう思ったから、教官たちに少しだけ下がってもらった)
(……なるほどね。言いたいことは理解して、納得もしたわ)
念のために全員の顔を見回したが、誰からも反対意見は出ない。
再度、マルリアが聞いてくる。
(敵が痺れを切らすまで、遠くから様子を見ればいいのね?)
(いや、それだと教官たちが持たなくて、結局俺たちの負けだ)
主導権は敵が握ったまま。現状を維持しても、こちらが疲弊するだけ。
だったら次の手を打ち、混乱させるしかない。
(罠に向かってまっすぐ突っ込もうと思う。みんな、ついてきてくれるか?)
俺は自信に満ちて見えるように胸を張った。
マルリアが、「はぁー……」と大きな溜め息をついてから、聞いてくる。
(みんなで罠にはまりに行く。そう聞こえたけど?)
隣にいるリリとフィオランも『またですか』みたいな顔で苦笑いを浮かべている。
マルリアが再度言う。
(ちょっとでも間違うと、一網打尽にされちゃうんじゃない?)
(ああ。そうだな)
(なのにみんなで行くの? 正気?)

（危険は承知だが、その先に活路があると思うんだ。罠にはまるんじゃなくて、それを正面から打ち破れば、戦況はこちらに大きく傾く。ああいうタイプは、予想外の事態に弱いからな）

俺がそう言うと、マルリアは溜め息を吐いてから、笑った。

（頼りにしていいのよね？）

（ああ。みんながいれば、どんな罠でも突破できると思うよ）

（発破をかけたのは私だけど……やっぱりあんた、変わっているわよ）

リリたちと顔を見合わせて、マルリアはクスリと笑った。

エマさんが杖を力強く握り締めて、言う。

（卑劣《ひれつ》な罠にはまった魔法少女って、大体正面突破で解決しますしね!!）

エマさんは身を乗り出しながら、鼻息を荒くしている。

その瞳は幼い少女のように輝いていた。

（妖精さんはやっぱり、正義の魔法少女の妖精さんです！　愛と勇気と友情です!!）

（……あ、うん。ありがとうございます）

何かが彼女の琴線《きんせん》に触れたらしい。

とりあえず突撃に賛同してくれているようでよかった、ということで。

（リリとフィオランも大丈夫か？）

（はい！　もちろんです！）

（お姉さんも頑張るね！）

全員で顔を見合わせて頷き合った。

リリが魔力を練り始める。そして――

（〈パワーアップ〉と〈スピードアップ〉を起動します！）

全員に支援魔法をかけてくれた。

リリの支援魔法に驚くエマさんを横目に見ながら、俺は最奥にある祭壇に向かって駆け出した。

「左右から踏み込み過ぎないようにしつつ、プレッシャーをかけてください。俺たちは正面から突っ込みます！」

「む？　……うむ。了解したわい」

前線を下げてもらった直後に少数で突撃。一見意味が分からないであろう指示に不思議そうな顔をしながらも、ルルベール教官は俺の言葉通りに動いてくれた。

突っ込んでくる俺たちを見て、女も困惑の表情を浮かべている。

ずっと一緒にいるリリたちですら驚いていたのだから、普通はそうなるよな。

「エマ上等兵、無色の属性矢を準備してください」

「分かりました！」

無色の属性矢は、そこに魔力を込めることでどんな魔法でも付与できる矢である。

「えっと、こんな感じで大丈夫でしょうか？」

「はい。ありがとうございます」

待ち時間は二秒ほど。もう少し時間がかかると思っていたが、早くて助かる。

少しだけ移動速度を落として、エマさんが持つ矢に左手を重ねた。

【名　前】鑑定の属性矢
【製作者】エマ
【ランク】S
【補　足】刺さったものに対して、鑑定魔法を発動する矢。
鑑定結果を確認できるのは、アルトのみ。

できあがった矢を、フィオランに渡してもらう。

「いつでも撃てるように準備してもらえるか？」

「うん！　お姉さんに任せて！」

技術が向上したおかげで、エマさん以外も属性弓を撃てるようになった。

フィオランが属性矢を持てば、鬼に金棒である。

「合図を出した瞬間、ガイコツの壁全体に放電してから、壁の中央に向けて一斉射撃を！」

俺はそう言ってから、少し後ろにいるバルベルデ伍長と第三弓兵隊にハンドサインを出す。

すると彼らは一斉に攻撃を放つ。守る対象が多いために、黒い霧が一体毎に付与する防御力は多少落ちている。そのため、ダメージを与えることはできずとも、衝撃でガイコツの壁を崩すことくらいはできると踏んでいたのだが――上手くいったな。

「フィオラン――」

撃ち抜いてくれ！　そう続けようとした俺の言葉を、女が遮《さえぎ》った。

「平民のお遊びに付き合うのも飽きたわね」

不敵に笑った女が、音を立てて蛇柄の扇子を閉じる。

骨の蛇が、咥《くわ》えていた黒い玉を祭壇の中央に降ろした。それは、紫色の霧を纏っている。

「調子に乗った罰《ばつ》よ。絶望の中で死になさい」

女の声に合わせて、黒い玉が纏う圧力が増していく。

俺はそれを見て――ホッと安堵の息を吐き出した。

「乗ってくれたか」

口の中でそう呟いて、短剣を引き抜く。

属性弓なんていう目立つ武器を持ち、成果を上げ続けるエマさんの情報は、スパイを介して女も知っているはずだ。強力な武器を向けられれば、普通は阻止しようと動く。

「予想はしていたが、贄数が５００を超えたか……」

周囲にいた敵は、骨の蛇とガイコツの壁を残して全てが黒い玉に吸い込まれた。

贅数は鬼の七倍を超え、息が詰まりそうな禍々しさを放っている。

逃げ出したくなる気持ちを押し殺して、俺は大きく前に踏み出した。

「全員俺の背後に！」

目の前にあるのは、見上げるほど巨大な骨の蛇と禍々しい黒い玉だけ。

行く手を阻むものはなく、俺が撃っても当たる距離だ。

「フィオラン！」

「うん！」

弓が得意なフィオランなら、どんな体勢で撃っても当たる。

キリキリと音を立てながら、フィオランはゆっくりと狙いを定めていく。

「限界まで引き絞って、あの玉を撃ち抜いてくれ！」

「うん！　お姉さんに任せて‼」

そう言葉にしながら、フィオランは弓を引いた。

「あら、大口を叩いていたのに慎重なのね」

愉快そうな女の声が響く中で、骨の蛇がとぐろを巻く。

長い尻尾《しっぽ》の先が、俺らに向いた。

「やりなさい」

女がパチンと指を鳴らすと、黒い玉が脈打った。何かが始まったらしい。

湧き上がる気持ち悪さを押し殺しながら、俺は骨の蛇が咥えている黒い玉を指差す。

「今だ、フィオラン！」

「任せて！」

鑑定の矢が、黒い玉に向かう。鏃が黒い玉を覆う紫色の霧に触れて、火花を散らす。

やがて矢は真上へ弾かれ、力なく祭壇に落ちた。

【名　前】隠蔽の祭壇
【製作者】蛇の末裔
【補　足】鑑定魔法を欺くために作られた祭壇。

くそ、黒い玉は鑑定できなかったな。だが、それは織り込み済みだ。

「あらあら、失敗しちゃったのかしら？」

くすくすと笑う女が見つめる先で、骨の蛇が大きく動いた。

「引くぞ!!」

そう叫びつつ、俺は大きく後ろに跳ぶ。他のみんなも回避行動を取った。

一瞬前まで俺たちがいた場所を骨の蛇の尻尾が通りすぎていく。

目を開けていられないほどの風が巻き起こり、俺たちは後ろに吹っ飛んだ。

どうにか着地しつつ、俺は口を開く。

「全員無事だな⁉」

そう声をかけるのが精一杯。周囲を見る余裕はない。

骨の蛇はそのまま尻尾を回し続け、祭壇に置いた黒い玉を弾き飛ばした。

「こっちが本命か！」

黒い光を纏った玉は打ち上げられ、放物線を描いて飛んでいく。

「フィオラン！」

「うん！」

フィオランは不充分な体勢ながら、黒い玉に向けて矢を射る。

矢は黒い玉に触れたものの、またしても弾かれた。そしてそのまま黒い玉は、誰もいない場所に落ちた。するとそこに、巨大な魔法陣が発生する。

「これで終わりね。神の前に跪きなさい！」

女は現状に酔いしれながら、そう口にした。

俺は女に背を向けて、部屋の入口に視線を送る。

「ようやく始められますよ」

描かれた魔法陣は、敵が化物を呼び出すためのものだ。

これまでの経験上、発動まではそれなりに時間がかかることは分かっていた。

俺は叫ぶ。

「教官、モチヅキ隊長、骨の蛇の足止めをお願いします！」

そして、その隙に――

「マルリア、スペシャルマッシュルームの素材って、今持っているか？」

「へ？　ええ。九本あるわ」

素材採取に行ってから今回の任務に当たるまでの間に、マルリアは持ち帰ったスペシャルマッシュルームを全て素材に加工していた。俺のブレスレットを作るために使ったものもあるが、どうやら九つも余っていたらしい。

もったいなくて無駄遣いできず、値崩れする可能性を考えると、売却もできない。

一つおよそ二十七万エンもする高級品だからってことで、マルリアが肌身離さず持ち歩いているのは知っていたが、予想外に多かった。嬉しい誤算だ。

「それで？　何を作ればいいのよ？」

「全て属性弓に特化した矢に加工して欲しいんだ。作れるか？」

自分で言うのもなんだが、前代未聞《ぜんだいみもん》だと思う。

属性矢自体がおとぎ話のようなもので、実用化したのはエマさんが初めてだ。

前例やレシピなんてあるはずがない。だけど――

「できるだけ早く仕上げてくれると助かる。具体的に言うと、あの禍々しい魔法陣が発動するまで……いけるか？」

マルリアは「はぁー……」と溜め息をついた。

「あんたの無茶振りにも、さすがに慣れてきたわね」

やるしかないんでしょ？　とでも言いたげに苦笑いを浮かべて、マルリアは作業を始めた。

最前線で物作りをするなんておかしな話だが、策を思いついたのが今だから仕方ない。

それでも、マルリアなら大丈夫だろう。加えて、頼もしい援護だってある。

「〈ラックアップ〉を起動します！」

全てが思いつきで、行き当たりばったりなのは否めない。だが、それでいいと思う。

この帝国には、俺の思いつきを現実にしてくれる実力者がたくさんいる。

俺はサーラのいる方——扉へと目を向けた。流れてくる鑑定結果を見ながら、ほっと息を吐く。

「退路の確保は必要なくなった。その場を離れていいよ」

「……ん？　どういう意味？」

不思議そうな顔をするサーラの前で、バンと扉が開く。

そこから現れたのは、ミルカとマイロくんだった。

「やほやほー。待たせちゃってごめんね、お兄さん」

「お待たせしました」

可愛らしい服を着たミルカと、私服のマイロくん。

その背後にはルメルさんと、見慣れた軍服に身を包んだ精鋭たちもいる。

お疲れ様。そう声をかけようとした俺の背後から、女の鋭い声が飛んだ。

「敵の増援⁉　外の兵は何を――」

「ぜーんぶ倒しちゃったよ？　お兄さんがお姉さんの気を引いてくれたから、こっちの敵は全然動かなかったしねー」

なんて言いながら、ミルカが部屋に入ってくる。

「この施設を隠してた霧も、途中にあった罠も、マイロくんが解除してくれたんだよ？」

ミルカが俺の声を聞いて情報を集めて、マイロくんが罠を破壊。

道中や隣の部屋を占領していた敵は、精鋭たちが制圧したってわけか。

「帝国のみんなは、本当に優秀だからねー」

ミルカの言う通りだ。転移の魔法陣に飛び込んでくれたモチヅキ隊長たちだけじゃない。

基地に残ったみんなも、それぞれが考えて最善の動きをする。

「おばさんの部下も操り人形じゃなかったら、報告くらいはしたんじゃないかなー？」

クスクス笑いながら、ミルカは女を煽った。

怒りに震える女が言葉を返す前に、ミルカは声を低くして、言う。

「平民の自由を奪えば国が廃《すた》れる。身をもって理解したであろう、ヴュルテンバーグ伯爵夫人？」

口調も雰囲気も、王族らしいものに変わっていた。

大きく目を見開いた女は、ミルカをまじまじと見返して――零す。

「……無能の第四王子」

「今は、帝国の訓練候補生なんだよー？　すごいでしょー」

化かし合いは、俺よりミルカの方が上手だな。

「……わざわざ生贄を増やしてくれて嬉しいわね」

「でしょでしょー。もっと褒めてよー」

女の気を引く役目は、ミルカに任せてよさそうだ。

そんなやり取りの間に、マルリアが八本目の矢を仕上げ終える。

【名　前】万能の魔増矢
【製作者】マルリア
【ランク】A
【補　足】魔力との親和性が高く、杖としての役割も持つ矢。
魔法をその身に宿し、増幅させる効力を持つ。

オーダー通りだな。

「エマ上等兵。マルリアが作ってくれた矢を無色の属性矢に加工してください。リリはそのうち五本に、支援魔法を注いでくれ」

「分かりました！」

マルリアが作った矢をエマさんが受け取り、リリも手を重ねる。

二人の魔力が混ざり合い、一瞬で矢の色が変わった。

羽根はリリの髪と同じ色に変わり、鏃には羊の角を思わせる模様が描かれている。

【名　前】支援魔法の矢・頂《いただき》
【製作者】マルリア、エマ、リリ
【ランク】Ａ
【補　足】最大まで増幅させた支援魔法を宿す矢。

「できてますか？」

不安そうに聞いてくるリリに、俺は答える。

「成功してるよ」

リリが鍛え続けた実力の結晶――そう呼んで差し支えないものができたな。

「二人はそのまま支援魔法の矢を作り続けてくれるか？」

「「はい！」」

二人ともそれなりに魔力を消費してはいるが、残り四本なら大丈夫だ。

二本目に取りかかるリリたちを横目に、魔法陣に目を向けた。

俺が口を開く前に、フィオランが声をかけてくる。

「お姉さんの出番っぽい感じ？」

「魔法陣の中央まで行きたい。援護してくれるか？」

「はいはーい」

頼もしい声を聞いて、俺は魔法陣に向けて走り出した。

その途中で、あることに気付く。

「ちょうど今、加工技術のレベルが上がった。最後の一本の質を上げることはできそうか？」

マルリアは少し不服そうに問いかけてくる。

「さっきの矢じゃダメってこと⁉」

「ちょっとでも質を上げた方が、成功しやすいんだ」

今のままでも成功するとは思うが、念には念を入れておきたい。マルリアならできると思うしな。

「頼ってばかりの上司で本当に申し訳ない」

そう思いながら、フィオランが撃ち込んだただの矢を飛び石にして、魔法陣の上を駆けていく。

「平民風情が何を――」

「お兄さん、ごめんねー。お馬鹿な貴族が気付いちゃったみたい」

そんな声が聞こえたが、問題ない。準備は整った。

中央で足を止め、シルバーのブレスレットに魔力を流し込む。

「教官、倒してしまっていいですよ」

そう声をかけながら、俺は魔法陣をより深く鑑定していく。

「予想よりずいぶん早いが、暴れていいそうじゃ」

ルルベール教官は、巨大な剣を骨の蛇に向けて思い切り振り抜く。

隣を走るモチヅキ隊長が、ガイコツの壁を指差し「関節を狙え」とだけ告げた。

第三弓兵隊が一斉に矢を放ち、無機質な頭を撃ち抜く。

「っ――」

「あれあれ？　どうして驚いてるのー？」

ミルカは無邪気な笑みを浮かべて、徹底的に女を煽る。

「隣の部屋に鍵があるって、おばさんも知っていたはずだよね？」

ガイコツの壁が無敵だったのは、黒い霧に包まれていたから。

以前は鑑定で敵の位置を探り、不可視の敵を同時に倒すことで黒い霧の防御を弱体化させた。だが、敵が女の命令がなく微動だにしない状態であれば手探りで不可視の敵を探し出すことも可能、というわけだな。

黒い霧はまだ残ってはいるものの、その総量は明らかに目減りしている。

残る敵はとぐろを巻く、骨の蛇のみ。

弱点は鑑定済みで、残っている黒い霧の盾は鬼の時よりも薄い。

バルベルデ伍長が骨の蛇の背後に回り、モチヅキ隊長とヤスヒロ上等兵が左右に分かれる。

まず、伍長が雷撃を纏った拳を骨の蛇に叩き込んだ。

ヤスヒロ上等兵は絶え間なくナイフを投げ込むことで、モチヅキ隊長は無数の矢を宙に浮かべて撃ち込むことで、それぞれ敵を追撃する。

骨の蛇を守る黒い霧が、三人の攻撃を受け止める。

そうして黒い霧がかなり薄くなったところに——ルルベール教官が一撃を加えるべく踏み込んでくる。

骨の蛇も尻尾を振り回して応戦するが、教官は当たり前のようにそれを避け——黒い玉を斬り裂いた。

【名　前】骨の邪竜
【状　態】生命力：0／10000

女の目に強い怒りが宿った。

「そんな雑魚を倒したくらいで——」

「これで終わりではないですよ」

女の声を遮り、俺は魔法陣を指差した。

「属性矢を、今から言う順番で言った箇所に放ってくれ」

「任せて～！」

呆気に取られている女を後目《しりめ》に、フィオランが属性矢を撃つ。

俺が指定した場所に、寸分の狂いもなく矢が突き刺さった。

魔法陣の周囲に八本。最後に仕上げてくれた、至高の一本は、魔法陣の中央に。

【名　前】支援魔法の矢・極《きわみ》
【ランク】S

中央の矢を鑑定してから、俺は思わず呟く。

「完璧だな」

魔法陣の鑑定結果が、しっかり表示された。

「私が作ったんだもの、当たり前じゃない！」

誇らしげな笑みを浮かべるマルリアを見つつ、俺は思う。

帝国に拾われて、帝国の人間の生き方を学んだ。

貴族の目を気にして従うだけの王国のそれとは違う生き方を。

「全員が最善を尽くして考え続け、動くことを尊重する。それが実力主義ですよ。この国の人は、みんなそうして生きていました」

俺は女に聞こえるようにそう口にしつつ、鑑定魔法で見つけた魔法陣の弱点とも言える箇所に魔力を流し込む。

「魔法陣を暴走させる気⁉　そんなことをしたら、大陸レベルの被害が——」

「いえ、被害は出ません」

女が言うように、このまま魔法陣を壊せば想像できないレベルの爆発が起きる。

だが、それに対しての策は講じてある。

「マルリア、禁固の檻をこっちに」

「ほんと、人使いが荒いわよね！」

そう言いながらも、マルリアはすぐさま袋を持ってこちらへ来てくれる。

袋の中に入っている三十個くらいある禁固の檻は、全て未使用だ。

「リリに聞いたら『えっとえっと、これ、かも……？』って、自信なさげに答えてくれたけど、正解よね？」

「ああ。バッチリだよ」

実は魔法陣に魔力を流し込みつつ、ハンドサインで仕分けを頼んでいたのだが……使用済みのものは一つも混ざっていない。

リリは支援操作を覚えてから、人やものに付与された魔法に対する感知能力が上がっている。それを信じた形である。

俺は、禁固の檻を鑑定する。

「人は膨大な魔力の塊。この魔道具は、その点に着目して作られているのか」

人を人として見ていないからこそ作れた魔道具ってところか。

いかにも王国貴族って感じの発想だが、それすら利用させてもらおう。

「これだけあれば、魔法陣の魔力を封じ込めることも可能――違いますか？」

「……知らないわよ。そんな愚民が作った、愚民を封じ込めるための道具の性能なんて」

「なるほど。この技術も奪ったものか」

かつての俺のような人間に作らせたものの一つ――そういうことなのだろう。

甘い汁を吸うだけの王国の貴族らしいスタンスに、思わず溜め息が漏れる。

そんなタイミングで、臨界点に達した魔法陣が眩《まばゆ》い光を放つ。

溢れだした膨大な魔力は、まず三本の無色の属性矢が受け止める。

しかし、それですら半分ほどしか魔力を吸収しきれない。

俺は禁固の檻を魔法陣の上に転がす。

それにより、魔力の大半は吸収される。だが、まだそれでも魔法陣の魔力は収まらない。

それならば――

俺はSランクの属性矢を掴む。魔力が大幅に増大するのを感じる。

全力で魔力を流し込む。

すると、ようやく光は消えた。

「そんな馬鹿なことが……」

そんなふうに呻く女の方へ一歩踏み出した俺を、マルリアが呼び止める。

「この戦いに終止符を打つのに相応しい人間が、いるんじゃない？　横を見なさい」

すぐ横に見えたのは、ポニーテール状に結われた赤い髪。

確かに直接被害を受けていた彼女こそが、女と戦うべきかもな。

俺はサーラの頭に手を置いて、言う。

「生け捕りで頼むな」

「ん」

サーラは、一瞬で女の目の前へと移動する。

女は慌てて扇子を振るうが、サーラは剣でそれを大きく弾き飛ばした。

教官たちを相手取っていたからか、魔法陣を破壊されたからかは分からないが、女の動きはかなり鈍い。

それでもどうにか後ろに跳んで距離を取る女に向けて、俺は全力の鑑定魔法を向けた。

「袖口に二つ。左の太股に一つ。武器がある。全て剣だ」

貴族は奥の手を持ち続ける。そう言っていたもんな。

「ん。ありがと」

「平民風情が!!」

女はそう言って、隠していた武器を取り出して斬りかかる。

今までの鬱憤を晴らすように、サーラが剣を振るう。

折れたのは、女の剣だった。

いよいよ丸腰になった女を、サーラは組み伏せた。

「これは私と兄のぶん」

右腕を掴み、サーラは女の背を踏みつける。

骨が外れる音がして、女が短い悲鳴を漏らした。

マルリアが投げたロープを受け取り、サーラはそのまま女の手足を縛っていく。

「こっちは、みんなのぶん」

縛りながら、サーラはそう口にしてもう片方の肩も外した。

周囲にはリリやマイロくんやルルベール教官たちの姿があって、フィオランやモチヅキ隊長が弓を構えている。

何かあれば俺が鑑定できるし、バルベルデ伍長をはじめとした精鋭たちだって控えている。

「終わったな」

周囲の全てを隅々まで鑑定して、俺はそう結論付けた。

そして、ゆったり横に歩いてきたルルベール教官に聞く。

「サーラを俺の部下にしたいと思います。よろしいですか？」

「うむ。それが最善じゃろうな」

俺はホッと安堵の息を吐き、サーラが女を縛るのを眺め続けた。

エピローグ　真の英雄

魔法陣を破壊し、全ての元凶だった女を捕まえてから一ヶ月が経った。

「アルト・スネリアナよ。その功績を称え、少佐の地位と〈救国《きゅうこく》の勇者《ゆうしゃ》〉の称号、そして二十四代女王シュプル・リア・テスタロッテが、祝福を授ける」

俺は、豪華な衣装に身を包んだ女王陛下から、すごすぎる褒美を貰っていた。

「全てを見通す采配に加え、部下の育成能力には目を見張るものがある。その実力を今後も遺憾なく発揮することを期待する」

あまりにも異例な四階級特進に加えて、この国に八人しかいない勇者の称号まで……

ルルベール教官やルドルフ大佐、ベラルト大佐も二階級特進したために俺の方が現状の役職は下だが、背中が見えてきてしまったぞ。どう考えても俺の評価が高すぎる。

続いて、女王様は言う。

「アルト・スネリアナ少佐を、新設する部隊の特別顧問に任命する」

「謹《つつし》んでお受けいたします」

新設部隊のトップは女王自らが務める。そんな部隊の二番手。

どう考えても実力不足だが、どうしても受けて欲しいと女王陛下に泣きつかれてしまったら、無下にはできないもんな。

話を受けた時、女王陛下はこう言っていた。

『現状の制度に収まる器ではないため、所属先を新たに作らせて貰った』

今回の大きな戦果と、これまでの功績を元に検討した結果、この部隊が設立されたらしい。

功績の中でも、部下の成長が高く評価されたとのこと。

故に、現在の俺の部下を中心に部隊を編制していく形らしい。

まだ学生の身である者を中心にした部隊は、前例がないみたいだ。

リリたちが褒められるのは素直に嬉しいが、仕事に押し潰されるのは嫌だ、なんて気持ちも正直ある。だが、女王陛下とルルベール教官が言うには、今のように宙ぶらりんだと却《かえ》って仕事が舞い込んできやすくなるとか。

『直属部隊の二番手になれば、仕事を頼めるのは余と爺くらいだ』とは女王様の言。

中途半端なのはリリたちにも言えることで、あらゆる部隊から『卒業後に来ないか』と勧誘され続けているような状況だった。

下手な対立や遺恨《いこん》を生まないためにも、リリたちの進路を示す必要がある。

『そなたが見出して育てた部下だ。独占したとて、恨む者はおるまい』

女王様はそんな風に言って、優しい笑みを浮かべていた。

そうそう、そもそも俺の部下は今回の件でさらに増えている。元々入ってもらうはずだったサーラ……の他にエマさんも立候補してくれたので、受け入れたのだ。

『魔法少女は妖精さんと一緒に行動するのが基本ですから！』

とか、なんとか……

『軍人、訓練生、冒険者、敵国の者。相手がどのような立場にあろうと、気にせずスカウトせよ。そのための立場だ』

活動内容も学業優先。いくつかの例外を除いて、今と大きく生活は変わらないよう取り計らってくれたらしい。

そんなふうに新設部隊についての情報を整理していると、女王陛下が客席に向けて言う。

「アルト少佐が所属する新設部隊の入隊試験を四ヶ月後に執り行うこととする！　経歴、種族、立場は問わぬ。軍人でなくとも良い」

会場にいた誰もが、ポカンと口を開けている。

学生を主とした部隊――という以上に、立場を問わないというのは例外的だからな。

☆★☆★☆

『新たな勇者様が国民全体から部下を選ぶらしいぞ！』

『教育の神と呼ばれていて、花開く前の実力を見抜ける勇者様だそうだ！』

『最弱を最強に育てるのが好きらしい！　これはチャンスじゃねぇか⁉』

そんな噂が王家主導で拡散され、迎えた試験当日。

国営の訓練所には、あり得ないほどの人が集まっていた。

戦える者は一階の運動場へ。戦闘経験のない者は二階の観客席に。

どう見ても集まった人数は収容人数を超えていて、立ち見どころの騒ぎじゃない。

「千五百人くらいはいそうじゃないですか？」

「うむ。予想以上じゃな」

参加者だって、街のパン屋、A級の冒険者――果ては敵国の孤児まで。

本当に様々な立場の人が来ていた。

「おぬしも、国を背負うほどの人物になったんじゃな」

嬉々として噂を広げていたルルベール教官は、豪快に笑っている。

VIP席に座る女王陛下も、多すぎる参加者を眺めながら満足そうにワインを飲んでいた。

「アルト少佐、あとは好きにせい」

「……了解しました」

でもって教官、俺に丸投げですか？

本当にとんでもないことをしてくれるよな、この人たちは。

俺の本当の実力がバレたら暴動が起きますよ？　分かってますか？

「安心せい。万が一の時は、あのじゃじゃ馬が対処するわい」

そう言って、教官はＶＩＰ席に目を向ける。

じゃじゃ馬こと女王陛下は、二本目のワインを空けて顔を赤くしている。

あの人、普通に酔っぱらってますよね？

「本当に、どうにかしてくれますかね……？」

そんな俺の問い掛けに、ルルベール教官が苦笑を返した。

「おぬしなら万が一もない。そう確信しているようじゃな」

信頼が重すぎる！　このまま逃げてしまいたい！

そう思うが、出入口は受験生に塞がれているし、そもそも化物じみた身体能力を持つルルベール教官から逃げられる気がしない。

「ほれ、試験を始めるぞ」

「……分かりました」

はぁーと深い溜め息をつきながら、俺は改めて参加者たちに目を向けた。

魔力の霧を周囲に広げ、鑑定魔法を施していく。

そして元々作成してあった、名前だけが書かれた参加者のリストに、筆を走らせる。

隣に座っているルルベール教官が、参加者を遠目に見ながら声を潜めた。

「して、敵は釣れたかのぉ？」

「ちょっと待ってくださいね」

あれから教官たちが調べてくれた結果、《蛇の末裔》のトップはあの女であったことが確定した。

頭を失い、組織はあえなく瓦解《がかい》したらしい。

だが、《蛇の末裔》は王国の中にある巨大組織の一つだったというだけで、王国にはまだいくつも似たような組織があるようだ。

鑑定結果には、《蛇の末裔》やそれに類する文字はない。しかし――

「敵国のスパイが、大量に入り込んでいますね」

今日の試験においては書類選考どころか、手荷物検査すら行っていない。

どんな些細な情報でも手に入れたい敵国のスパイからすれば、絶好のチャンスだろう。

だが、鑑定魔法を使えばスパイかどうかは一目瞭然《いちもくりょうぜん》である。

俺はスパイだと断定した者の足元へと、マルリアが作った針金の人形を走らせる。

「スパイの足元に人形を配置しました。タイミングを見て、確保してください」

「うむ。モチヅキの隊が上手くやってくれるじゃろ」

「ええ。それにしても……亡命を希望する人が多いですね」

そのほとんどが王国から流れてきた人たちで、『栄養不足』の表記がある。

《蛇の末裔》の壊滅によってゴタゴタしている中、上手くこちらに逃れてきた感じだろうか。

それにしても、俺がこの幸せな国に来て、一年と少しか。

拾って貰ったあの日のことを思い出しながら、俺は言う。

「先程目印を付けた人間以外に、敵対心を持つ者はいません」

「ふむ。全員受け入れでよさそうじゃな。して、名の横に書かれているのは、なんじゃ？」

そう、俺はスパイ以外の人間の名前の横に、あることを記載していたのだ。

「それぞれの素質や持病、能力が高い事項をメモしてあります。今回うちの部隊に採用しなかった方は、それとなく能力が活かせそうなところに斡旋《あっせん》してあげてください」

一瞬だけ驚いた表情を見せてから、ルルベール教官は獰猛な笑みを浮かべた。

「入国審査と医療のトップも、おぬしに任せるかのう」

俺の肩をバシバシを叩いてくる教官。

緊張を和らげようとしてくれたのだろう。

その気持ちはありがたいが、すっごい痛いのでやめてください。いや、マジで。

「では、模擬戦を始めてもらえるかの？」

「……分かりました」

試験自体は俺が鑑定すれば終わる。というか、すでに終わったから模擬戦は必要ない。

だが、異例ずくめの我が部隊の実力を示す場が設けられた形だ。

まぁそもそもこのまま参加者が何もせずに試験を終えるのは不自然だって話もある。

ちなみに五百人ほどいる戦闘系以外のスキルの持ち主は、模擬戦に参加しない。彼らには後ほど別の試験を受けてもらうつもりだが、それも最小限の手間で済むようにしている。

俺は合格者の名を書いた紙をルルベール教官に渡して、少し離れたところに集まっている、頼もしい仲間たちの元へと向かう。

模擬戦をやる意味はちゃんと分かっているし、事前に承諾もしていた。

だが、思うところはある。

——一気に相手するなんて、聞いていないんだが⁉

人数の差が、おかしいですよね⁉　何？　バカなの⁉

そう思っていると、リリがぎゅっと俺の手を握ってくれた。

「きっと大丈夫です！」

次いで、マルリア、フィオラン、マイロくんも言う。

「そうね。こっちはあんたに育てられた化物揃いだもの」

「うんうん！　お姉さんもそう思うよ～？」

「僕も、みんなと同じ気持ちですね」

五対千。一人で二百人を戦闘不能にするのがノルマだ。

これは模擬戦で、命を落とす心配はない。

新設部隊のお披露目《ひろめ》を兼ねたものであり、俺やリリたちの成長を見てもらう舞台でもある。

「そうだな。やれるだけやってみるか」

みんなが大丈夫だというなら、大丈夫だろう。

そう思いながら、俺をこの幸せな国にスカウトしてくれた恩人に目を向けた。

「魔道具の発動をお願いします」

「分かったよ」

恩人ことベラルト大佐が、手に持った魔道具を発動させる。

それと同時に、ＶＩＰ席にいるルドルフ大佐も同じ魔道具を展開した。

二人が起動した魔道具はどちらもマルリアが作ったもので、リリの支援魔法を建物に付与する効果がある。

ルルベール教官が本気で斬りつけても傷つかないほど、建物の耐久性が上がるのだ。

周囲に広がるリリの魔力を見ながら、ベラルト大佐が苦笑いを浮かべた。

「初めて会った時からずっと、君には驚かされてばかりだよ」

隣にいるルルベール教官も、大きく頷いている。

首を傾げていると、ルドルフ大佐が女王陛下の隣に立った。

「模擬戦を始める。準備してもらえるかい？」

その言葉を聞いて、参加者がそれぞれの武器を構える。

リリと出会わせてくれた、ルドルフ大佐。

彼にも本当にお世話になったよな。

「訓練校の先生たちも、いっぱい見に来てくれていますね！」

「お姉さんが冒険者の頃にお世話になった人たちもいる！」

横ではリリとフィオランがそんな風にはしゃいでいる。

この模擬戦は恩人たちへの恩返しも兼ねているのだと、改めて実感した。

俺はハンドサインで指示すると、リリたちはそれぞれ配置につく。

俺は気合いを入れ直しながら、会場全体を見渡した。

そんなタイミングで、スタートの合図が出される。

参加者が一斉に走り出す。

俺は口を開く。

「それじゃあ、フィオランから始めようか」

「水の属性矢を三十本プレゼント～」

青い矢は地面に刺さり、そこから大量の水が溢れ出す。

参加者たちは、たちまちずぶ濡れになった。

次いで、フィオランは空に向けて六十本の矢を撃つ。

黄色い矢が地面に触れ、激しい電撃が流れる。

水に濡れた参加者の大半は感電し、気を失って倒れた。

「強い冒険者の近くに矢が落ちたように見えたんだが？」

「うん！　憧れてた先輩がいっぱいいたからね～、狙ってみました～」

えらいでしょ～、と言わんばかりにフィオランはドヤ顔をする。

……まぁ、これも恩返しかな。

「次は私でいいわよね？」

ポシェットからロープを取り出したマルリアが対戦相手に向かって走り出す。

大きな盾を持ったマイロくんとリリが、その後ろについていく。

俺はそれを見送りつつ、後方にいる教官に言う。

「教官。念のために、倒れた参加者たちの保護をお願いします」

「……う、うむ。任されよう」

顔を引き攣《つ》らせつつ、ルルベール教官は魔道具を起動する。

それによって意識のない参加者がリリの支援魔法によって保護される。

俺は視線を前方に向けて、呟く。

「残った参加者は、全員が魔法使いか」

意識したのかは分からないが、持ち前の魔力で電撃をレジストしたんだろうな。

そして魔法使いたちは全員、マルリアたちに狙いを定めている。

「でも、マイロくんとマルリアがいる」

マルリアは足を止め、大きな盾を持ったマイロくんが前に飛び出す。

そんなタイミングで、魔法使いたちは一斉に魔法を放つ。

その数、およそ三百。

するとルルベール教官が、俺の役目がないことを察したらしく、隣に来た。

そして、聞いてくる。

「本当に大丈夫なんじゃな？」

「ええ。彼も努力家なので」

マイロくんが持つ盾が、ピンク色の光に包まれる。

「四ヶ月の訓練で、使いこなせるようになってくれました」

マイロくんが持つ盾は、マルリアが作った。

それによって、囮の任務の際に俺らを苦しめた光を操れるようになっている。

「あの盾は──『吸魔の盾』というそうです」

眼前で、魔法と吸魔の盾が激突した。

盾に触れた魔法は光に呑み込まれ、盾が膨大な魔力を帯びた。

一瞬でマイロくんが全ての魔法を呑み込んだことに、相手の魔法使いたちが狼狽《うろた》えている。

それを見て、マルリアが口を開く。

「リリ、頼んでいいわよね？」

「はい！」

リリが前に出て、自身の盾とマイロくんの盾を合わせる。

彼女が手にしている盾は、杖の役割も兼ねている、これもまたマルリアが作ったものだ。

「あれは何をしておる？」

「魔力の受け渡しですね」

吸収した膨大な魔力を受け取ってから、リリは杖を掲げる。

マルリアはそんなリリの隣に並び、大量の人形とロープを取り出した。

リリは叫ぶ。

「〈スピードアップ〉と〈パワーアップ〉、〈魔力ダウン〉を起動します！」

魔力ダウンは、意識がある相手の魔法使いに。

慣れ親しんだ二つは、マルリアの人形たちに。

そう、リリはとうとうデバフ魔法も覚えたのである。

マルリアは前方を指差して、口を開く。

「捕まえてきなさい！」

針金の人形を改良して作った可愛い人形たちがロープを手に、駆けていく。

向かう先にいる魔法使いたちは、全員魔力切れを起こしていた。

「電撃をレジストして、マイロくんの吸魔に吸われて、リリに魔力量を減らされたからな」

魔力が底をついても不思議じゃない。

頭痛と吐き気に苦しむ魔法使いたちを、マルリアの人形たちが縛っていく。

ちなみにだが、そのロープも相手の動きを封じる魔道具だ。

「呆気なく勝ったように見えるんじゃが？」

「そうですね。みんな、本当に強くなってくれました」

客席にいる人もＶＩＰ席にいる人も、全員が驚いた顔でリリたちを見ている。

少しだけやりすぎた気もするが、新設部隊の滑り出しとしては最高だろう。

そう思っていると、女王陛下がおもむろに席を立つ。

「これがアルト・スネリアナの指揮する部隊だ。新たな勇者一行に拍手を！」

その一言で、客席が歓喜に沸いた。

自分たちを讃える声を背に、みんなが誇らしげに胸を張る。

俺は思わず呟く。

「お疲れ様」

本当にみんな、頑張ってくれたと思う。今日の模擬戦もそうだけど、出会った時からずっと。

「ミルカたちも誘って、みんなで美味しいものでも食べに行くか」

俺がそう言うと、リリたちは頷いてくれる。

その幸せそうな笑みを眺めながら、俺は本当にこの国に来てよかったと、改めて思うのだった。

Re:Monster
リ・モンスター
1～9・外伝
8.5
暗黒大陸編1～4
金斬児狐
Kanekiru Kogitsune
シリーズ累計
170万部
(電子含む)
突破!
2024年4月4日～!
TVアニメ
放送開始!!
(TOKYO MX、BS11ほか)
ネットで話題沸騰!
怪物転生
ファンタジー
最弱ゴブリンの下克上物語 大好評発売中!
【小説】
1～9巻／外伝／8・5巻
新章
【小説】
1～4巻（以下続刊）
◉各定価：1320円（10％税込）
◉illustration：ヤマーダ
◉各定価：1320円（10％税込）
◉illustration：NAJI柳田
コミカライズも大好評!
【漫画】
1～11巻（以下続刊）
◉各定価：748円（10％税込）
◉漫画：小早川ハルヨシ

HIROAKI NAGASHIMA
永島ひろあき
さようなら竜生、こんにちは人生 1~24
GOOD BYE DRAGON LIFE
シリーズ累計 100万部! (電子含む)
ネットで話題!
2024年 TVアニメ化決定!
コミックス 1~12巻 好評発売中!
最強最古の神竜は、辺境の村人ドランとして生まれ変わった。質素だが温かい辺境生活を送るうちに、彼の心は喜びで満たされていく。そんなある日、付近の森に、屈強な魔界の軍勢が現れた。故郷の村を守るため、ドランはついに秘めたる竜種の魔力を解放する!
1~24巻 好評発売中!
各定価：1320円（10%税込） illustration：市丸きすけ
ネットで話題! 辺境から始まる元最強竜転生ファンタジー!
最強竜が人に転生!
「ふむ、村人生活も悪くないな」
さようなら竜生、こんにちは人生 1
原作：永島ひろあき
漫画：くろの
最強竜が人に転生!
畑仕事に魔物狩り、美少女達との交流――
「村人生活も悪くない」
シリーズ累計20万部!
待望のコミカライズ!!
漫画：くろの B6判
各定価：748円（10%税込）